廣瀨 勝

Masaru Hirose

日文原著

台灣別記

陳惠文・黃怡筠 譯

台灣全圖

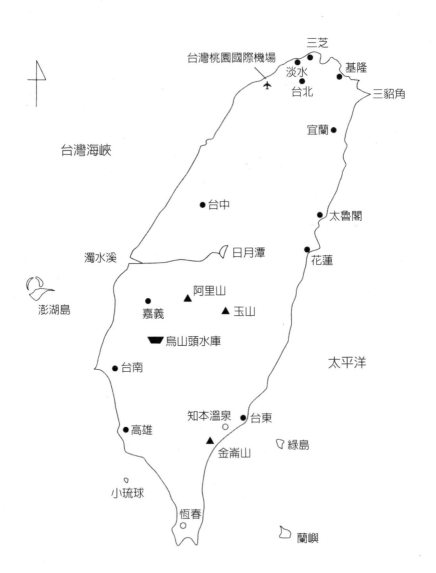

三芝
台灣桃園國際機場
淡水
基隆
台北
三貂角
宜蘭
台灣海峽
台中
太魯閣
濁水溪
日月潭
花蓮
阿里山
澎湖島
嘉義
玉山
烏山頭水庫
太平洋
台南
知本溫泉
台東
高雄
綠島
金崙山
小琉球
恆春
蘭嶼

前言

昭和 60 年(1985)秋天。那是我剛到位於第一議員會館七樓的石原慎太郎事務所打工時的事情了。

當時事務所裡有一位運動神經發達、性格開朗的年輕秘書 U 先生。我不太清楚他是因公或因私走訪過台灣。只是他回來後，總會自言自語地說：「大家真的都好親切，都是些親切的好人！」「真想再去！」他喃喃低吟的話語一直留存在我的腦海裏。

面對他的低吟，我當時的反應不過是「是喔!?」而已。當時我還只是個大學生，尚無出國經驗，對於他所謂的「親切的人們」的感動，可說毫無感覺。

但是，當我遊走了台灣、香港、韓國、中國、美國這些他國異域，累積了不少出國經驗之後，我才深深地了解到，一個地方會讓我想再一次造訪的最大理由，正是居住在那裡的人們的「親切」和「笑容」。

所以直到最近，我才真正體會到 U 先生當時的心境。

這本書，我希望獻給今後打算到台灣，或是已經

去過台灣多次，以及那些比我更深入了解台灣的朋友們。當然，還包括那些去過中國，卻還沒有機會造訪台灣的朋友。我希望跟大家分享一下我之所以非台灣不可的理由。

14年來，我曾有多次機會到台灣長期出差，也曾經在中國大陸住了一年多。這本書就是以這兩種體驗做為基礎。雖然事過境遷，時至今日才想到要檢討和考察，或許是過於天眞了，這點我自己也很清楚，所以也做好了接受批評的心理準備。

正因如此，我打算從一般所知的社會常理，以及日本和世界都認同的法則中釐清一些事理，並且從思索自由主義帶給人類利益的角度來整理我的思緒。

原以爲我會在渾渾噩噩的商場上渡過我的人生，卻萬萬沒有想到，在兩、三年前，我再一次觸及我自以爲早已忘卻的「政治」事務，其原因就容我留到結語的部分再說吧。而這本書，是我在接觸台灣這個國家的人們之後，經歷令人窩心、感念的心靈交會之後的結論。

我深信，和台灣的朋友交往是日本的原始風情。而即將踏上人生旅程的年輕世代，如果能認識到這點，進而培養出客觀的歷史觀，掌握不重利輕義的精髓，我想，這將帶來知性進步的良好機會。

國與國之間的往來，再也沒有比過多的宣傳或透過官方交流所建立起來的友好關係更為空洞的了。

日本和台灣從 1972 年斷交之後，再也沒有任何國與國之間的正式往來。除了偶而有交流協會或亞東關係協會主辦的小型活動之外，幾乎沒什麼特別的交流。

然而，民間的交流卻是暢旺的。每年都有超過 250 萬的台日人民相互走訪。

1999 年台中、南投地區發生大地震的時候，相信有不少日本人捐了許多救援金給台灣。2003 年 SARS 在台灣肆虐的時候，相信也有不少人寄了許多醫療用品到台灣。

這些善意，應該都是源於對台灣民間人士的感念而自動自發的吧。

凍頂烏龍茶、鳳梨酥、芒果、台灣菜、算命、按摩、電子儀器、電影、音樂、電視節目，不管您對台灣感到興趣的是哪一項，都無所謂，最重要的是，希望大家親自到台灣實地走一走，和台灣的人民聊一聊，一兩句話就夠了，肯定會發現當地人吸引你的地方。

目次

第一章

初次相遇「ア・リ・ガ・ト」

一、櫻花

　　山櫻花靜靜地綻放在通往青山農場的小徑上，桃紅色的花瓣迷炫了我的雙眼。時間是二月下旬，日本還在飄著靄靄白雪的寒冷季節。

　　地點就在可以將太平洋黑潮盡納眼底的台東縣金崙山。

　　對我而言，這是令人難以忘懷的台灣美景之一。

　　在南台東的知本溫泉泡溫泉舒鬆筋骨之後，農場提供的巴士會將房客接回位於山頂的飯店。這裡的標高應該在 700 公尺左右吧，東彎西拐繞了幾圈之後才到達農場。

　　薄霧之中的山巒看起來尖聳險峻。太不可思議了，明明就處在這麼一個帶有幾分虛幻的空間裏，我卻不覺得我正身處他鄉異地。

　　放眼望去，前方山脈起伏的形狀，就如同幕府末年官軍兵士的三角帽一般。不過，農場所在的這一個角落，卻是一片平緩的丘陵地。小徑兩旁綻放的是含羞帶怯的山櫻花，它靜靜地在枝頭上勾勒出一絲絲的南國風情，也觸動了靜心期待春天造訪的日本人的心

弦。

若要追溯我和台灣這個美麗國家(雖然有些人不認為它是個國家，但對我而言，它確實是一個國家)的邂逅，那已是 14 年前的事情了。大學畢業後，歷經幾次的證照考試，我都沒有辦法如願上榜，只好回家，專心幫忙家族事業的塑膠食品容器產銷工作。自平成元年(1989 年)起，我到東京營業所工作，在兼任商品開發業務的期間，也曾經歷須面對原材料品管的情況。

當時，為了確實掌握原材料 OPS 膠片(Oriented Polystylene Sheet：無毒性雙軸延伸聚苯乙烯硬質膠片)產地的品質管理，也為了採購台灣製的包裝資材，我不得不踏上台灣這塊土地。

很巧的，這天是平成七年(1995)的 10 月 24 日，「台灣光復節」的前一天。所謂的光復節，指的是二次大戰日本戰敗後，在台北和國民政府簽訂投降的日子。最後一任的台灣總督是安藤利吉，他將投降文件轉交給台灣省行政公署長官陳儀之後，就被送到上海，最後在俘虜營中結束了自己的生命。

他之所以會採取這樣的行動，或許是無法接受自己被冠上了 B 級戰犯的污名吧？又或許是他覺得部下的所作所為，都必須由他負起全責吧？

二、賣彈珠汽水的少年

　　左邊右邊？東邊西邊？在我還分不清台北的東南西北，一個烈日灼人的星期天午後，為了躲避南方國度的太陽，我迅速地躲進計程車裡面。

　　計程車已上路了，但我心中並沒有所謂的目的地，當時只想著，如能靠近水，或許就能涼爽一些。於是，我把一個剛從客戶 C 塑膠公司葉姓總經理那裡聽來的地名——「淡水」寫在紙上，交給司機先生。聽說，那裡有一座西班牙人在十七世紀中葉打造，被稱做「紅毛城」的城堡。

　　面對幾乎不懂中文的我，司機先生拚命用九成的日文和一成的中文為我講解台灣的歷史，他揮汗賣力的模樣，深深地感動了我。

　　「那個啊，台灣現在是中華民國，那之前是日本。再之前是清朝。更前是明朝和鄭成功，再早一點就是荷蘭時期喔。更早的西班牙人蓋了 HO MOU CHEN(紅毛城)……」一口氣說個不停的他，還不時地從後照鏡看看我。

　　只是再怎麼感到窩心，我還是擔心不斷從後面急

追過來，在車子旁邊呼嘯而過的機車群。我深怕他們一個不小心就撞上計程車，所以儘管司機先生的解說精采絕倫，我也只能說遺憾，因為實在沒有辦法專心聆聽。

不一會兒，我們平安抵達了淡水。當時淡水河岸還沒開始整治，所以岸邊長滿了翠綠的南洋植物，遮掩了古老的石牆。參觀過紅毛城之後，我只覺得，矗立在這裏的，與其說是一座城堡，還不如說是一棟大洋館，一座佐證當年荷蘭和西班牙在亞洲爭奪霸權的歷史遺跡。

在街上徘徊了一會，喉嚨也乾了。拿起手帕擦去如珠汗滴，這下子輪到眼睛下意識地搜尋帶有涼意的東西。霎時之間，一個閃亮的冰塊隨著形狀扭曲的深綠色瓶子飛進了我的視線。

彈珠汽水 !!

這個我以為只有日本才有的東西，居然會出現在這裡！驚訝之餘，我忘了言語，也忘了我是那麼的口渴，就只是呆呆地盯著那個在冰塊之間載浮載沉的汽水瓶。

好一會兒我才驚覺，原來身旁還站了一位充滿笑容的少年。他在腳踏車的後座上載了一個裝著彈珠汽

水的冰櫃，自己就站在冰櫃旁。不知道是不是我這個中年男子瞪著彈珠汽水發呆的模樣太過滑稽了，讓他臉上始終掛著微笑？

這麼一想，我不自覺地不好意思起來。慌亂之下，趕緊用我的破中文跟他說：「KEI WOU I-PIN RAMUNEI(給我一瓶彈珠汽水)。」順手交出一百元。下一秒，我聽到了令我終生難忘的一句話。

「あ・り・が・と(謝謝)。」

他同時遞上了回找的零錢，莞爾地微笑著。

緊接著 "砰" 的一聲，彈珠掉入瓶內，汽水灌進咽喉，他的笑容依舊。

無邊的天空，無盡的蔚藍，南國天空之下，閃亮的白牙在笑容中露臉。

就只是彈珠汽水這個飲料，以及一個少年的笑容，我和台灣的距離又悄悄地被拉近了。

三、三峽春曉

如果您對美術不感興趣，那麼這篇文章可能顯得乏味無趣。不過，還是請您耐心地讀一下。

老實說，我所走過的人生，也與書畫鑑賞之間有

著相當的距離。即使有人邀約，我大概也懶懶地提不起興致，甚至掰一些破綻百出的藉口，拚命逃避。

只是我也不知道爲什麼，連我這種資質魯鈍、缺乏感性的人，居然會這麼強烈地被一幅圖畫所吸引。這是一幅收藏在三峽李梅樹紀念館的圖畫。

造訪位於台北近郊的這座紀念館的主意，當然不會是我主動提出的，而是前文提過的 OPS 膠片公司的幹部 S 先生帶我去的。

在討論戰時和戰後的台灣美術史時，生於 1902 年的畫家李梅樹先生是不容被遺忘的人物。他從東京美術學校(現今的東京美術大學)畢業後，就回到台灣，一筆一畫深刻地紀錄下當時一般百姓的生活景緻。他的作品主要著重於戰後女性服飾的變化，並留下了許多優秀的畫作。

順便一提，從輩分來看，S 先生算是李梅樹畫家的侄孫輩。他是一位非常勤奮優秀的營業人員，雖然在處理客訴方面的能力還有些不入手，但是說到他的良善，簡直全部寫在臉上。這是他常讓我感到相形見絀的地方，和他比起來，我簡直是厚顏無恥，欠缺風骨。這也是爲什麼我常覺得他有許多值得我學習的地方。

話說回來，我到訪三峽的那天，是一個悠閒的星

期天。認真的 S 先生，就算在休假日，也常會開車帶我到處走走。

　　首先，他帶我到紀念館附近的祖師廟參觀。在這裡，我遇到一位說著流利日文的長老，他也是一位兼具教養及服務精神的長者。

　　一開始，長老為我解說日本在統治台灣初期，這裡曾經是義民們武裝抗日的據點，也因此祖師廟遭到戰火無情地燒毀。接著他又朗朗地背出前後 19 任台灣總督的名字。「初代是樺山資紀，第二代桂太郎，第三代乃木希典……，最後的第 19 代是安藤利吉。」

　　事後我才知道這位長老的名字叫做鄭有財。

　　鄭老先生還婉婉地對我解說：李梅樹畫家在生前為重建被燒毀的祖師廟，如何地費盡心力。為了修護大廟，李梅樹先生雇用了十幾名雕刻工，他日以繼夜地在廟裏指揮著復原工程。李老先生長期指導石柱雕刻的真摯身影，也深深感動了周遭的居民。

　　聽完長老詳盡的解說，我鄭重道謝之後，我們進入了紀念館。在跟 S 先生的叔父和叔母們打完招呼之後，我被其中的一幅畫給震懾住了。

　　那是一幅題為『三峽春曉』的畫作。

在春天朝霞靄靄、薄霧淡煙之中輝映的拱橋——那個想忘也忘不掉的童年時的故鄉景緻——畫作上映照在河面上的那道長長的陽光，猛力地把我舊時的記憶喚了回來。

那是一個令人懷念卻怎樣都喚不回的時代。我的傷感思緒被挑動到極限。當我回過神時，雙頰早已微熱泛紅。

爲了掩飾心中的悸動與羞赧，我慌亂地移動了腳步，故意走到兩、三步旁的玫瑰花瓶畫作旁，假裝欣賞。但是抬起頭，眼光還是不自覺地飄向那幅畫作。

眼前所浮現的景象，竟然是孩童時期一起在河畔玩耍的同學們，一張張生動的臉。

大家好嗎？筒井君、細江君、島津君、長君、堤君，你們都好嗎？

還有經常陪我在河邊散步的愛犬，牠結實彎曲的尾巴和特徵明顯的前腳，還有，不管怎樣叫喚牠的名字，牠都不願給我回應的那個道別的日子。一想到再也沒有見面的機會了，這下子我的雙腳顫抖了起來，淚水止不住地流下。

這是我與『三峽春曉』邂逅的私人軼事。

四、運匠(司機)

放眼世界，在各國的國會裏和地方議會中，議員們怒髮衝冠，起立互罵對方「Atamakonguri」(死腦筋)的情景，大概只能在台灣看到吧。

幾年前我到台灣出差時，在「自由時報」上發現了這樣的新聞，這引發了我的關心，注意著有哪些日語至今仍鮮活地活在台灣。

一股難以形容的鄉愁與激動的情感打動了我的心。在台灣還可聽到的其他日語，有「オートバイ(autobai 摩托車)」「さしみ(sashimi 生魚片)」「みそ汁(misosiru 味噌湯)」「おでん(Oden 關東煮)」「おじさん(歐吉桑)」「おばさん(歐巴桑)」「たたみ(榻榻米)」「忘年会(忘年會)」「運ちゃん(司機)」。

我在當地聽到的日語，有以上這些，若加上其他人聽過的，據說台灣人至今仍在使用的日語，超過八十個單字。

其中尤以「運匠」這個字對我意義深遠，或許「運匠」也可以說是台灣值得向世界誇耀的現代文化之一吧。

　　計程車司機可能是外國人造訪一個國家時，第一個接觸到的陌生人。我的說法或許太過平凡，不過，計程車司機確是測試一個國家治安是否良好的參考。

　　我在台灣搭計程車的次數超過兩百次，遇到司機故意繞路不當賺取車資的經驗只不過兩次。

　　一般而言，台灣的計程車算很安全。其中約有一成的計程車司機非常幽默，充滿趣味，也口才便給。

　　這些能言善道的司機大部分是日語世代老一輩的子女，即使我的中文聽解能力不足，但是從他們言語中約佔三成的日語，也能溝通無礙。

　　他們的話題和日本人差不多，從他們的工作、文化、經濟，聊到禮貌、規矩、歷史，內容非常有趣。

　　約在五年前，我曾經發生過這麼一件事。當時我帶著妻子、小孩三人一起去逛士林夜市，歸途搭了一輛計程車要回飯店。

　　我記得那位司機大概不到四十歲。交談中，我告訴他我和家人一起在台灣旅行。司機先生竟然開心地拿出便條紙，快速地寫下自己的手機號碼交給了我，說：

　　「我今天值夜班沒空，但是明天白天我有時間。你們一定要讓我招待一頓，吃過飯我帶你們去台北的觀光景點走走。」

　　我望著他的汽車後照鏡，上面掛著四方形的護身符和佛珠，護身符上寫著「南無阿彌陀佛」，從他沈穩的語調以及柔和的眼光，憑著直覺，我感受到他的誠意。

　　遺憾的是，我隔天的行程已經排滿，所以我向他道謝後，慎重地辭謝了司機先生的好意。這是一次寶貴的經驗。

　　或許這位計程車司機只是一個特殊的例子，但是我在日本和中國，的確從未遇見過這麼親切的計程車司機。

　　還有一次發生在台北的深夜，我喝得爛醉，橫躺在計程車後座，突然，台語的收音機節目卻流出令人懷念的昭和老歌「憧憬的夏威夷航路」。神智不清中，我驚覺：「咦？我在日本嗎？」整個人清醒了過來。這時，計程車司機也隨著旋律唱了起來。

　　這些情景讓我一下子忘了自己置身在異國。

　　下車時，司機沒有趁我酒醉多收我一分錢，還充滿笑容地送上一句：「阿‧里‧阿‧多！」

　　回想至此，我仍然忍不住要再度致上謝意。

　　「各位台灣的計程車司機先生，真的非常感謝您們每次都送我愉快平安地抵達目的地！」

第二章　長眠台灣之人

一、士兵們的墓碑

馬關條約的簽訂，把台灣從清廷分割出去。日本在治理台灣的初期，給了台灣居民為期兩年的國籍選擇權。

雖說要叫在台灣出生長大的居民回中國大陸去，不盡情理，但我也聽說那些因為職務關係來到台灣的人，像唐景崧等的政府官員，都在第一時間就匆匆地逃回大陸了。

相對於此，留在台灣的那一群人當中，有不少是完全無懼於日本的兵力，並以懸殊的裝備，奮勇和日本軍對抗的義民。

先前提過的祖師廟遭燒毀的事件，也是三峽的義民和日本軍衝突的結果。

打從 1895 年 5 月 29 日日本軍登陸台灣之後，往後七年抗爭不斷。早期的抵抗運動折損了一萬四千名義民的性命。

禁止纏足、禁止鴉片、執行火葬(禁止土葬)、撤除竹籬等等，許多居民在讀過「日本條例」(實際上這些並非由台灣總督府制定、頒布) 的這些條文後，都覺

得現實生活的社會習慣，完完全全遭到否定了。可能基於這樣的屈辱和憤怒，讓他們覺得除了武裝蜂起之外，已經沒有其他辦法可以扭轉情勢了。

無論如何，我總覺得台灣國民追求自主獨立的能量，就從這個時候開始萌芽，而在這段時期裡，為數眾多的戰死者就是一個象徵。

爾後，第四任總督兒玉元太郎在民政長官後藤新平的建議下改變了策略，對反抗勢力積極進行歸順和降服的勸說。凡是順服的人就有機會承包土木工程，也可以拿到應得的報酬。這麼一來，雖然大規模的抗爭事件顯著減少，但是反抗勢力還是在各地串連，並未停止要將駐守在台灣的日本軍和日本人趕出台灣的計畫。

以新竹北埔客家蔡清琳為首，襲擊當地日本人的「北埔事件」，可以說是抗日後期的代表性事件之一。發生在 1907 年的這起事件，是由原住民賽夏族和客家人共同參與的襲擊事件，事件後，多人被捕處刑。

雖然我們無法證實在武官主導之下的統治，是不是施行了讓賽夏族以及新竹客家人難以承受的酷政，然而，爾後發生在 1913 年的「苗栗事件」，羅福星等 20 人被捕和拘留，1915 年的「西來庵事件」，則有余

清芳等因叛亂未遂而被捕和拘留。他們最後都成了刑場上的露珠。只是每一位被送上刑場的烈士，他們的態度都那麼威風凜然、從容自在。

「西來庵事件」發生後 15 年，即 1930 年，在台灣中部的霧社發生了大規模的襲擊日本人事件。泰雅族的頭目莫那魯道率領 300 名壯士，襲擊日本人小學校的運動會，包括女性和孩童在內，共 134 人遭到殺害。莫那魯道則在搶奪了武器彈藥之後，潛逃到山中。

這就是「霧社事件」。

這起事件發生的時間點，正好是驗收田健治郎所主導的「文官治台」策略宣告成功之前不久的關鍵時刻。巧的是，這一年也是至今依然深受台南農民敬愛的水利工程師八田與一完成烏山頭水庫的年度。

事件中最叫台灣總督府震驚的，莫過於一向被認為是模範警察，日本名為花岡一郎和花岡二郎的兩名泰雅族警官，竟然也參加了這起事件。

兩名警官在襲擊事件後，分別留下了遺書，並在殺死妻子之後自殺。

總督府隨即動員了 2800 名士兵和警察前往鎮壓，但是經過了 50 多天的強勢搜索，總督府依然無法逮捕

到首謀莫那魯道。

這場戰役的死傷人數，據稱泰雅族全體的死傷高達 1100 人。

遺憾的是，發生在隔年的「第二次霧社事件」更為慘烈。

「第二次霧社事件」，簡單地說，是一位警察把槍借給了同族的敵對部落(泰雅族道澤社)，結果，這把槍被拿去攻擊殘存的蜂起勢力，故意射殺同志，進而引發了這起事件。

雖然沒有確實的證據，但據傳說，在事情發生後，警察付了報酬給參加攻擊事件的群眾。

自那之後，總督府為了防範事情再度發生，把僅存的 278 名肇事泰雅族人的遺族遷移到被稱為「川中島」的一個偏僻地區。

儘管在經過這兩次徹底的討伐征戰之後，僥倖存活下來的，多是沒有能力發起武裝行動的女性，總督府還是斷然採取上述措施，這樣的處置，不免讓我們質疑起它的正當性。

「第二次霧社事件」可以說是利用原住民習俗當中被稱之為「出草」(砍下對手的頭顱，將之攜帶回去)的行動，讓不同部族間進行集體械鬥。像這樣經過操弄的第二次霧社事件，就明顯出現了強烈的過度防衛傾

向，治安當局一心只有報復日本百姓被殺害的情緒，因而做出了錯誤的決定。

回溯台灣在走向近代化的初期過程，這些為爭取自治權，而不惜採取武力手段的台灣居民的行動，讓人聯想到明治維新之後的「佐賀之亂」、「萩之亂」、「神風連之亂」、「西南戰爭」等等日本不平士族所發起的許多叛亂事件，所以這類現象實不足為奇。這股能量，在爾後由蔣渭水、林獻堂等人所承繼，而成為主導設立台灣議會運動相關的言論，也昇華為爭取合法政治活動空間和尋求自治權的活力。

這些民主的腳步，也和日本經歷自由民權運動到大正民主運動後，才制訂普通選舉法的過程相當類似。

雖然當時台灣人的參政權和督政權最終還是未能法制化，但是卻對台灣意識的形成做出了莫大的貢獻，可以說是一次意義深遠的運動。

在回顧台灣近代史的同時，我也想向為台灣人爭取自治權與獨立性，卻中途受挫的眾多英靈，致上深深的哀悼之意。

二、明石元二郎──其後

博多市區西邊的清澈小河，室見川，每年二月左右都會舉行一個以「活魚生吃」而聞名的撈白魚的漁獵活動。

從室見川往東幾公里，就是我的母校西南學院高校的所在地──西新。

距離現在大約 30 年前，我的通學之路是從久留米(我的老家)搭西鐵電車到終點站──福岡車站，再轉搭公車到西新。就在福岡(天神)車站附近，西鐵廣場飯店的隔壁有一所「大名小學校」。我還依稀記得，在公車緩緩駛去的同時，我總是隔著車窗，望向這所小學的校門。

很少人知道日俄戰爭中居功厥偉、擔任台灣第七代總督的明石元二郎的出生老家，其實就在這所大名小學校的附近。我也是到了最近才知道這件事。當時我正在追蹤日俄戰爭以後明石先生的生涯，在翻閱小森德治著『明石元二郎上卷、下卷』(大空社)時，才發現這件事。

中日戰爭結束後，在馬關條約簽訂時，清國的全

權大使李鴻章把口中的「化外之地」台灣割讓給了日本。正如大家所知道的，從此開啓了台灣的日本統治時代。

也在同一時期，1898 年，美國在美西戰爭中打敗西班牙，進而占領了菲律賓。令人遺憾的，此時，強國以武力脅迫弱國的國際現象成爲趨勢，似乎也成了理所當然的不成文規定。

1905 年美日簽訂 Taft-Katsura Agreement 共同協議，認定了日本和美國在亞洲的勢力範圍。日本承認美國領有菲律賓，美國承認日本對韓國的領有權。這項協定可說是這一時期的代表性條約。

歐美先進國家架構了國際秩序以及以自然法爲背景的法則，日本也跟隨著拚命學習，並致力確立君主立憲制國家，維持自身的獨立性。

也就是說，日本也隨著組織政黨，透過自由民權運動，在議會民主主義的基礎上頒布帝國憲法，制定眾議院議員選舉法。

也唯有如此，日本才能夠在中日戰爭取得勝利後，廢除遭歐美列強強行索取的制外法權。

中國發生義和團之亂後，日俄之間的情勢顯得更加針鋒相對。在這樣的情況下，不必等外國來諷刺嘲

笑，就算是火中取栗，日本也只能孤注一擲。

即使此時的日本已經具備了立憲君主制國家的架構，但若要和當時世界上最大的陸軍國家(俄羅斯)打仗，任誰都知道，日本並不具備足以與之抗衡的實力。

從幕府末年的對島占領事件開始，日本爲了阻擋俄羅斯帝國長期以來的領土擴張政策，維持日本國獨立主權的完整性，其所發動的日俄戰爭，意義可說非常重大。

正因如此，我非常地感佩當年帶領日本獲得勝利的國民、政治家、軍人們不屈不撓的精神。

回頭敘說明石的事情。開戰之時以公使館武官身分派駐莫斯科的明石，旋即被調往瑞典的斯德哥爾摩。

同時，日本也開始金援俄羅斯國內的革命勢力(以列寧爲首的民權社會黨，柯尼‧希力亞克士(Konni Ziliacus)所主導的芬蘭革命黨、Armenia 黨、波蘭社會黨和高加索黨等)的行動，提供反抗人士資金上的援助。

其中，在芬蘭革命黨希力亞克士的領導之下，這些俄國反政府勢力甚至在巴黎和日內瓦號召了眾多的反抗人士，舉行了有關武器協調以及彈藥調度問題等

的會議，推動顛覆政府的活動。

會議的結果，日本的高田商社透過英國貿易商瓦特的仲介，提供了革命勢力1萬6000支槍枝，彈藥300萬發。(儘管過程中發生了JOHN GRAFTON號事件，這批武器遭到俄羅斯巡洋艦在亞洲沒收了其中的8400支槍枝。)這項功績讓商人高田慎藏倍受推崇，在戰後甚至以民間人士的身分獲得了日本政府的四等勳章，是極為少見的案例。另外在第二次日內瓦會議上，明石的援助活動轉向Retton黨(位於波羅的海沿岸某州的政黨)，讓他們從1905年八月中旬起展開一連串的武裝抗爭，因此，把樸茨茅斯條約的交涉引導至對日本有利的方向發展。其引發的實際效益，值得我們將之保存於記憶中。

日俄戰爭後，明石再度被任命為駐德國武官，他在歐洲活躍的諜報活動，讓德國政府不敢掉以輕心，對他採取了徹底的監視行動。

或許因為活動受到了制約，明石不久之後就轉任金澤第十七連隊的連隊長，那是1907年的事情。

到任未滿一年，他又轉任韓國駐劄憲兵隊司令官的職務。

當明石接受了爾後因朝鮮總督之職而聞名的寺內

正毅的請託，一個無可避免的歷史宿命事件拉開了序幕。

對於明石在歐洲的諜報活動，具有元老身分的日本首相山縣有朋給了他一個「恐怖男人」的評語，這個評語一傳出，等於斷絕了明石在政府官僚體系中的前途。

就在這個時候，寺內正毅突然指名明石擔任(韓國)憲兵隊的司令官，明石也欣然接受，前往派駐地。

在韓國，明石經歷了動盪的八年。海牙密使事件、第三次日韓協約、伊藤博文暗殺事件、日韓合併條約，一件接著一件，後續的處理想是頗費心思，因此對明石而言，那應該是苦難的八年吧。

一般說來，在日韓合併之前，韓國國民間的輿論動向，以反合邦論佔壓倒性多數，也獲得大多數人民的支持。

例如李完用內閣的林容植教育部長便公開主張反合邦論。在野勢力方面，則有大韓協會(金嘉鎭會長)、西北學會(崔錫夏、李甲等幹部)等等政治團體高舉排日主義的旗幟，持續推動反合邦運動。

然而，同樣是李完用內閣的宋乘畯農務大臣卻支持合邦論，他和李容九所率領的政治團體「一進會」

(號稱有百萬會員)，則標榜其目的就是要促成與日本合邦，並於 1909 年 12 月 4 日上書李王、第二代統監曾禰荒助，以及李完用總理大臣，要求「日韓合邦」。

據推論，明石踏上韓國土地的時候，正是支持和反對兩派輿論相互拉鋸的時刻。這對剛上任的明石來說是一大難事。因為第三次日韓協約的內容，是要解散擁有 6000 士兵的韓國軍隊。要促成這樣一個協約的簽訂並不容易，韓國各地甚至出現了反抗的義兵運動。

義兵的領袖人物許蔿出生在慶尚北道善山縣，歷任內閣書記官長、平理院長(法院院長)等官職，在百姓之間受到相當的愛戴，像他這麼著名的人物，也因為武裝抗日的義兵行動而遭到逮捕。

從調查文件所記載的他和明石的對話中，可以明白窺見被迫成為被統治者的國民心中的悲憤情緒。許蔿說道：

「日本口口聲聲說要保護韓國，實際上卻包藏禍心，想要消滅韓國。我們又怎能隱忍坐視？就算是螳螂擋斧，也要勇敢搏命一拚。」

明石回答：「日本對於韓國的所作所為，就像面對接受按摩治療的病患，捶打其身，乍看之下多數人或許認為這會讓病患陷入了苦痛的深淵，但其實是為了

醫治病人必要的作為，病患因此獲得了治癒。這點必須加以深思才是。」

許蔦拿起桌上的一支鉛筆，說：

「我斗膽請你看看這支筆。它看起來雖然是紅色的，但是裡面卻是藍色的，這又如何？貴國對朝鮮所做的正是如此。表面與內涵相異，已可見一斑，何須爭辯！」

明石：「某國若在你們背後以軍艦進逼至仁川，韓國又將如何應付？請明察世界大勢，知曉東洋的現狀啊！疏離日本之後的韓國，將來又能如何。不要一味地空談理論，要從現實中覺醒啊。」

兩相對峙當中，偶見他嗚淚哽咽，沉默不語。(以上原文摘錄自小森德治著『明石元二郎上卷』，大空社)

就地緣政治學的觀點來看，日本要在俄羅斯的威脅底下自保，不得不將朝鮮半島納為其核心，架構出「主權防衛線」。兩人的對話中深刻地描繪出日本人的心思，但同時也記錄了當時韓國人無法接受被鄰國併吞，為現實感到苦悶的心情。

在那之後，明石留下了創設和編制憲兵補助員的功績。義兵蜂起抗議的次數也從明治42年(1909)的80件左右減少到大正2年(1913)的5件，而這些活動，也

由韓國境內轉到日本本土。

這期間，明石還執行了一些或許不是出自於他本意的整肅行動。如實施「居住制限退去命令」、「解散政治結社(含一進會)」、「取締報紙、雜誌出版品」、「宗教取締(基督教)」等等。

在歐洲第一次大戰爆發的時候，日本在英日同盟的基礎上向德國宣戰，因而，獲升為參謀本部次長的明石，從側面協助久留米第18師團的兵站作戰，支援青島攻略戰。隔年10月，他被任命為熊本的第六師團長，在熊本渡過了二年九個月。

套用一句他的兒子，明石元長男爵所說的話——「那是一個真正修養生息的時代。」

三、命喪故鄉、長眠台灣

大正七年(1918)六月，金子堅太郎、頭山滿、黑田長成等八十幾名福岡同鄉友人聚集在東京的芝地區，為台灣的新任總督明石元二郎舉行了一場盛大的送別會。明石當時致詞如下：

「所有前任台灣總督，皆為非常崇高之人。然此次不才有幸繼任，縱使粉身碎骨也當盡力，但求在各位

的支持之下完成職責，期不辱前輩先進之顏面。」

此外，明石在赴任之前，台灣當地的報導更是掩不住驚喜。

「新任總督明石中將，頭腦清晰，思慮周到，俊秀挺拔。他年方五十五歲，由中將擢出拜任台灣總督。其破例獲得拔擢，與兒玉總督之就任頗有其相似之處。到任後之行政手腕，備受期待。」(台灣日日新報)

明石是在大正七年(1918)七月二十二日，踏上台灣基隆的土地。實際上，這對他來說是第二次了。

馬關條約簽訂後，為了鎮壓武裝反抗勢力，他擔任北白川宮能久親王大將的近衛師團參謀，以該身分在三貂角登陸，進軍台北。在那之後，已經過了二十三年的歲月了。

到任後，明石發表「所信表明」，展現他沉穩的人生觀，同時也將原本應另行表列的施政方針也涵蓋其中。——(以下節錄)

「內地人(日本人)和本島人應當相互協助，共同興旺台灣的文物，讓雙方之人心得以相同，才能達到統治之主要目的。應撤除民間諸多因言語風俗差異所構成的障礙隔閡，使其結合相融，共達攜手相助之妙境。」

　　爲了達成目標，明石致力於盡量排除差別待遇，擴大日本人和台灣人之間精神的協調和諧，可以說是一位以「仁」爲本的人士。

　　最能彰顯他的仁政的，應該是台灣教育令的頒布吧。

　　在那之前，日治下的台灣可說完全沒有以台灣人爲對象的教育制度，初級教育幾乎空白，而中級教育也只有公立中學校而已。專科教育方面也只有以醫學校和職業教育爲主的，被稱爲工業講習所的施設而已。

　　關於這點，明石以平等爲原則，在深入考慮現實的懸殊待遇後，確立了初等教育制度。

　　換言之，明石針對以日文爲母語的日本人，以及以台灣話爲母語的台灣人，將其幼兒期基礎學力熟練度的差異加以實體的制度化。

　　具體而言，就是日本人就讀小學校，台灣人就讀公學校，高砂族(原住民)就讀蕃人公學校。

　　另外，在明石驟逝之後，繼任的第八代總督田健治郎(1921 年 4 月)，則是除了初等教育外，也讓台灣人在中等教育、專科教育、師範教育、職業教育等所有的教育過程中，有機會和日本人在相同的教育制度

下接受教育。

　　儘管如此，現實依然殘留著許多為台灣國民所詬病的情形，例如在實際錄取學生時，會優先錄取學業成績並不優秀的日本人，存有種種不公平錄取等問題。

　　但是我完全贊同以下小森德治所指出的情形。

　　「在當時以歐洲和美國為首的宗主國當中，為了不讓被統治地區居民的政治意識覺醒，保持文盲狀態可說是上上之策。就算是當時被稱之為殖民地先進國家的英國，它在印度的統治，也不過允許特殊的上流階級人士和資產家，接受高等教育中有關文學、哲學、法律等領域的修習罷了。」(小森德治著『明石元二郎下卷』，大空社)

　　接著要敘述的是，明石花費最多時間、精力，且最著名的日月潭水力發電事業。

　　大正五年(1916)前後開始的這項計畫，在準備工作開始的階段，明石就放棄設立半官半民的電力公司，而直接成立台灣電力株式會社，確立了工程建設的管道。

　　位於南投縣埔里地區的湖泊日月潭，距離台中市區東南約 40 公里，位處風光明媚的山岳地帶。

　　這項發電事業引進了台灣最長的河流，濁水溪的溪水，規劃建設成最高發電量達 10 萬千瓦的水力發電所(昭和 38 年(1963)完成的黑部水庫的最大發電量爲 33 萬 5000 千瓦)。

　　同時，明石也爲資金的來源困擾不已，對於到底是要仰賴國家財政，還是要尋求民間資金的投入，遲遲難以決定。在他任期中兩次遠赴東京出差，幾乎都是爲了該工程事業的推動。簡單地說，明石爲了資金問題費盡了心力。

　　東奔西走的結果，最後由總督府撥出 1200 萬日圓的經費，不足的 1800 萬日圓經費就向日本和台灣的民間人士公開募取。

　　另外，由當今大家所熟悉的八田與一技師著手規劃的烏山頭水庫(嘉南大圳事業)，則是在明石元二郎過世後的隔年九月一日，以國家政策的方式，獲得原內閣正式認可後興建。

　　極少人知道，在該計畫取得認可的過程中，明石透過八田技師精密詳實的調查，了解到平原灌溉化和肥沃化的必要性及可能性，並且將八田技師導出的結論徹底斟酌考量後上奏，才促成這樁美事。

　　此外，他爲了防範從清代以來的濫伐和山火事件

引發的森林資源枯竭問題再度發生，制定了台灣森林令。

　　這項規定不僅對於國有林地，也對於民有林地的開發和開墾有所規範，規定人民需向營林局(林業局)申請許可。台灣森林令的內容相當嚴格，如有牴觸到災害防治、公眾衛生、航行目標時，就加以限制和禁止。同時，在台灣首創配置林野取締職員，總員額高達160多名，確立了林野的綜合管理體制，並且實行植樹制度。

　　其他，在司法制度改革上，明石將二審制改為三審制，讓法律的統制具有實效性。對於這項政策，有關當地居民的評價，可以從高雄州協議員陳啓峰先生以下的談話中窺見。

　　「明石總督到任，隔日到府視事時，即訓示高等官員：島內居民素養或有差異，但皆爲陛下子民，只求團結，待民應一視同仁。他率先聲明撤銷內(地)台(灣)之差別待遇，其赤誠令人感銘。在萬眾期待之下，他將長期以來被視爲有人權維護問題而懸而未決的司法制度進行革新，毅然決定採行三審制度。」(小森德治著『明石元二郎下卷』，大空社)

　　在明石臨終那年的六月底前後，他曾幾度遠赴內地日本出差，也到台灣東部地區視察。由於公務繁忙，他感染了流感，體力大減。身體狀況時好時壞，他撐到了 10 月。

　　最後，為了參觀原先預定的陸軍大演習，明石搭上了信濃丸從基隆港出發。

　　大正八年(1919)10 月 13 日的下午，明石在門司港登陸，原本在夫人的安排下，預定前往別府靜養，但他自知死期將近，特意要求回到出生的家鄉福岡大名町。

　　結果，在腦溢血的情況下，明石從 10 月 19 日開始陷入昏迷狀態。在那之前，他對武谷博士(醫師)留下最後的言語：

　　「武谷先生，人生何其脆弱啊！」

　　五天之後的 24 日上午 6 點 30 分，他成了不歸之人，享年 56 歲。

　　保全長壽的國權派媒體人德富蘇峰曾向小森德治先生提到，與明石在同一個時期過世的寺內正毅相較，明石的去世是：

　　「寺內伯在朝鮮時期費盡了心力，其後雖然當上了總理大臣，但那也不過是行屍走肉罷了。明石雖然無法達到同樣的境界，卻也耗盡了畢生的大部分精力。」

明石在那年的 9 月 27 日前後，對當時的民政長官下村宏先生留下了一句話：

「如果我有什麼萬一的話，請務必將我葬在台北。」

當時的台北市協議員陳智貴先生，也在對明石的追想記中，留下了以下的紀錄。

標題：「全島居民感泣總督白紙主義和埋骨鎮護的精神」……

(前略)「『余之遺體就此葬於台灣。至今未能實行的方針仍尚未確立，中途喪命實為千載憾事。余死後願為護國之鬼，期能鎮護台民不懈。』明石總督臨終在即之時，念茲在茲的，仍是台民三百萬蒼生，其壯烈崇高，令聽者肅然。」

歐洲五年，韓國八年，熊本兩年，最後之地則是台灣的一年數個月。他海內外奔波，沒有片刻停歇，投身於時空洪流。他所成就的偉業和人品，讓現代人讚嘆不已。

而對於長眠之地的選定，如以一般俗論來看，通常會選擇故鄉。

事實上，不知有多少人是心繫故鄉夢土，卻命喪異國，而無緣回歸故土的？

　　然而，對明石來說，遠勝於故鄉的地點，既不是歐洲，韓國，更不是日本。但若這地點是台灣的話，那麼他的初衷，我想，除了因為他對台灣居民無限的眷戀之外，別無他者。

　　明石墓石所在的三板橋(現在的林森公園)，在平成二年(1990)面臨了再開發的問題。不知道是不是因為明石對台灣這片土地的感情獲得了接納，在排除了大陸系居民的反對之後，最後明石的墓碑和遺骨順利地被遷移到三芝鄉埋葬。

　　關於這點，我還是要感謝眾多台灣人的援助和協力。

　　其中我也聽聞了楊基銓這位基督徒在墓碑遷移的過程中，有許多盡心盡力的故事。

　　現在楊先生也長眠在明石之墓旁，關於這件事，我除了感傷之外，真不知該如何表示？

　　我有幸得知明石這一號人物，也有幸與他同為日本人。但縱使對他的感念之情再深，也只能到他三芝的墓園獻上鮮花。

第三章　台灣的芳香

一、巷弄裏的寂靜與信仰

　　百姓闊步遊走、攤商聚集。縱使走在這麼充滿活力的大都會——台北的街頭，我也會莫名地被突然發現的寂靜空間所吸引。

　　這裡有著台灣特有的香氣，是一種包裹在煙香渺渺之中的神聖空間，這是一座座祀奉著媽祖、孔子、關帝爺、觀音以及其他眾多神祇的寺廟。

　　漫無目的地走在大街上，即便是臨時起意的一個轉身，就在那一個彎、兩個彎背後的巷弄裏，就可能邂逅到規模適當的寺廟。

　　年長的男男女女自不在話下，年輕的、下了班的女孩也都虔誠地低下頭，他們俯頭參拜的模樣，讓人想起了庸庸碌碌的自我，也同時提醒了自己的不完美，提醒我們人對於超越人類的未知領域應該抱持一顆敬畏之心。至於該信些什麼，我並沒有什麼資格評論，但是每當經過這些小廟的時候，我總會感到莫名的踏實與心安。

　　還有一個可以了解深植於台灣人心中的信仰觀念

的指標，那就是「素食餐廳」。

　　所謂「素食」，是指完全不用魚、肉(雞蛋除外)的食材，只利用蔬菜、五穀、水果等來自植物的材料烹煮的料理。這是對佛教和道教信仰中「不殺生」教義的一種實踐。

　　像「蓮香齋素食餐廳」這樣的餐廳，它並非大都市特有的產物，只要是中小型的都會區，必定都看得到這類餐廳。

　　台北的長春路上，有一家由福華飯店連鎖經營的素食餐廳。這也是先前提到的 C 塑膠公司葉姓總經理在前年招待我和父母親去的一家餐廳。

　　葉總經理和夫人信奉一貫道(儒教的一種)，他們遵從教義的規範，不吃魚、肉這些食物。

　　餐廳採全自助式，形形色色的菜餚，不論是外觀還是種類，都多到令人眼花撩亂。

　　比如說，日式料理常見的壽司，從外觀看來簡直就是鮭魚壽司或鮪魚壽司，但是不論是鮭魚也好、鮪魚也好，全都是以大豆為主要成份，經仔細加工後製作成素壽司，色澤和味道幾乎都跟真的一模一樣。

　　除此之外，還有超過三百種以上的義大利式、美式、中國式、台灣式料理可供自由選擇。不只味道，一道道精巧逼真的菜餚，也讓人臣服心醉於神乎其技

的廚藝。

　　再回到剛剛的話題。台灣傳統的信仰對象有媽祖、孔子、關帝爺、王爺、觀音等等，大約250種神明。另外基督教長老教會在這裡也有很多教徒。

　　知名的李登輝前總統就是其中一位。我所認識的人當中，也有不少基督徒，像曾先生以及他的太太等等。

　　我的高中母校的創校人是美國基督新教的牧師 Mr. C. K. Dozier，因此在課堂上經常有機會接觸到聖經。我曾經為了寫報告，有一個月左右的時間中經常到教會去，正因如此，至今有些聖詩我依然可以朗朗上口(頌主聖歌–454–榮耀歸於真主等)。

　　雖然聖詩是以平實易懂的言語歌誦耶穌基督對人類的博愛，很遺憾的是，仍然無法說服我信教。其中原由有二：

　　一個是當時的教會以及高校的基督徒老師都曾經參與「元號法案法制化反對運動」，並且都採取了相當激烈的手法，甚至否定日本文化的政治意圖相當濃厚。這樣的心態偶爾也會反映到英文文法課上，變成基督徒老師們在課堂上大發狂言的場面。

　　他們為了實踐摩西十戒中「嚴禁崇拜偶像」的教

條，甚至說：「我可以在奈良和鎌倉的大佛頭上灑尿。」

每當他們說完這些話，還會露出猥褻的笑容。對我來說，這時候站在講台上的，不過是一個完全不懂佛像代表日本文化財產的野蠻男子，他也不懂這些佛像背後所藏有的可貴藝術性。

為人師長者本應該在自己的信仰與本國的傳統文化間尋求融合，歸納整理後轉換成和諧的言語來教導學生，這才是應有的態度。

個人的信仰若和生活於其中的社會秩序或傳統文化互不相容，就算污衊對方，也無法贏得對方的尊敬。

對於這一點，台灣眾多的基督徒就顯得很不一樣。他們完全不受教義約束，他們自在地享受「素食餐廳」的飲食，也積極地參與寺廟以及其他派系宗教的文化遺產保存工作。他們柔軟、寬容的態度，值得給予高度評價。

特別是李登輝前總統，他的胞兄戰死於太平洋戰爭，他同樣也到祭祀他胞兄亡靈的靖國神社參拜。縱使他是一個虔誠的基督教徒，還是誠懇地面對自己必須親赴神社祭拜亡兄的場景，那種生而為人應有的堂堂姿態，讓人由衷敬佩。

　　我沒能信奉基督教的另一個原因是，我很難把「神的兒子耶穌基督背負了全人類的罪惡而被釘上十字架」這件事當成是「真實」事件看待。縱使人一生下來就背負了罪惡的這種假設屬實，而耶穌基督也真的是神的兒子，但他被釘在十字架上的意義實在太難理解了。

　　我能了解，或許為了彰顯他受到當時掌權者的過度刑罰，所以有了這樣的「虛構」情節，但是要我把它當成「實際發生過的事情」接納，實在超越了我這個凡夫俗子的理解範圍。

　　或許有人要說我的思慮不夠成熟，我想這個說法也沒錯。那個不長進的我至今仍然不長進。我也希望自己度過一個充滿慈愛的人生，但是在現實與理性的狹縫中，還是存在著難以跨越的鴻溝。

　　或許是受到家父「淨土真宗」、家母「神道系」信仰的影響，我的思想基礎是「南無阿彌陀佛」。所以，我雖然沒有固定的信仰，但是對僧人親鸞的「惡人正幾說」(能了解自己是惡人或罪人的人更能得救)也能引起相當的共鳴。又，「輪迴轉生」的概念，我大約也能感知其中的氛圍。

　　神道中，許多教派並無特別戒律或教義約束信徒的日常生活。也因此，我們經常到各種神社參拜。

台灣或許也有許多沒有教義和教典存在的寺廟。不過，唯一可以確信的是，在台灣有許多人能夠正視這世上存在著許多超越人類價值的事情，然後反求諸己前來參拜，在他們之中，應該也有人不贊同目前存在於自己身邊的人、物和金錢就是至高無上的價值吧。

綿長而緩緩燃燒的幾柱清香，那緊握香支的是一雙雙誠摯的手，高高地舉起，貼近額頭，向佛像、神像一次又一次低頭鞠躬的表情，顯盡一張張真誠的臉孔。

迷惘也摸索，我還是沒辦法找到特定的信仰對象。我捫心自問，煩悶的我是否真誠認真？每每想到這裡，我總覺得有些事物梗塞於心，這時候我往往會再認真思索一番：什麼是超越人類的存在和價值？

二、星乃湯

平成九年(1997)，就在我已習慣到台灣定期出差的時候，三德大飯店的經理告訴我：「有一處溫泉旅館仍保存著舊有的日式庭園。」

為了避開前文中提到的 S 先生那連星期天都不打

烊的熱情款待，我很早就帶著一天份的行李出門去。
從地圖上看來，它的位置應該距離捷運新北投站不
遠，就在走路可以到達的範圍。我走出飯店，從民權
西路站搭上往淡水的捷運，然後就朝目的地——北投
溫泉的逸邨大飯店(通稱「星乃湯」)出發。

列車經過以夜市聞名的劍潭站之後，周圍景色開
始增添了些許綠意。不一會兒，一位初老的男性進了
車廂，這時一個看起來像是大學生的孩子緩緩地站起
來，離開淡藍色的塑膠座位(博愛座)，那位初老的男子
也很自然地就砰一聲地坐了下來。

這不過是三、四秒間的一連串動作，非常自然流
暢。

忽地我眼裡浮現另一個景象——在西武池袋線上
釘在座位上忙著操控行動電話的年輕身影。

就在我盯著這位開始打盹的初老男子時，列車已
經進了北投車站。

要到新北投車站還得在這裡換車。在月台上找尋
到「往新北投」的指示牌後，我爬上了階梯。車站內
的廣播非常親切，不僅有華語、台語，還有一種日後
我有機會請教曾先生時，他告訴我的客家話。不過我
還真想抗議，若真夠貼心的話，把我們的語言加進去

也無妨嘛。

走出車站後，我發現這裡比我想像的還要熱鬧，簡直就跟市區沒兩樣。

高大的行道樹沿著河道的斜坡路聳立著，才走沒兩步，就飄來淡淡的硫磺香。再往前走幾步路，我開始喘了起來，原本就容易流汗的體質遇上盛夏的陽光，可真叫人難受，拖著幾近脫水的身軀，我搖搖晃晃地逃進了附近的商店，目的只有一個──尋找滋潤喉嚨的液體。

這麼一想，那令人懷念的彈珠汽水又出現在我眼前。我毫不猶豫地抓起瓶子，也顧不得汗滴如雨，痛快地暢飲，一滴不留。

我向店員詢問去逸邨大飯店的路，他指著右邊的石梯，用日語說：「ここから近いよ(從這裡過去比較近喔)。」

好不容易爬上那漫長的石頭階梯，馬上就看到左邊文字寫著「逸邨」。這時我才喘呼呼地想著，終於到了！

櫃檯後面坐著一位圓潤潤，燙了頭髮的年長女性。當我一邊擦汗，一邊用我的破中文跟她說「Ni-how(你好)」時，回覆過來的是流暢的日文。「あら、歩

いて来られたの？」(您走路過来的喔？)「こちらは初めて？」(第一次來嗎？)疲勞加驚嚇，我攤倒在大廳的圓形沙發上。

如今，不但對方記住了我的名字，我也知道了對方的名字。這位女士的名字叫曾麗子(本名喔)。昭和5年(1930)出生於新竹。有11個兄弟姊妹，她排行老三。有一個妹妹和日本人結婚，住在種子島。另外一個弟弟在戰爭的時候被美軍炸死。

泡完溫泉，一邊喝著啤酒一邊閑聊。潤澤的泉水與香氣舒緩了我的身體，冰冰冷冷的台灣啤酒舒緩了我的神經。望著簡直要從她那張圓圓的臉溢出的笑靨，和她聊著古早古早以前(以前日本人住在台灣時的那個時空)，這時候感覺到一個滿足的自己賴在那裡。

不知道從什麼時候起，我就習慣在抵台的第一天住進星乃湯。

泡在溫泉中，看著從獅子大嘴裏湧出來的源泉，東想西想……。聽說從前從前，明石元二郎為了療養病體，在回九州之前曾經在北投停留了兩天。

不知道他是不是也來到星乃湯，也泡到這個大浴池裡面？泡溫泉的時候，他又想了些什麼呢？

非常偶然地，我在他出生一百年後誕生(1964年1月)。跟明石那個得博命求生的年代比起來，從昭和

末年到平成的這段時空，是一個充滿鬆懈與散漫的時代。跟明石相比，我們這個世代所背負的使命，可說渺小到不足以相提並論。在我們這個時代，若大聲主張自己要爲大義以及公義而活，甚至還會招來大家的嘲笑和批判。

但是，正因他所處的是那樣的一個時代，我們才有必要重新回溯他活過的生命旅程。不是嗎？

去年我帶著父母親來到星乃湯，曾麗子女士顯得非常的開心。她和我那昭和九年(1934)出生的父親以及十三年(1938)出生的母親，毫無距離地暢談。

道別的時候到了，她輕聲的說：「広瀬さん、またいらしてね。」(廣瀬先生，要再來喔。)這時候我才知道，原來我就是爲了聽這一句話，才會一次又一次地來到北投。

緣分眞是奇妙，從三德大飯店經理推薦星乃湯給我的那一刻起，這種緣份已經延續了十一年。

三、番茄汁

「トマトジュース」(Fan Che Tsu，番茄汁)，若用我所知的中文在中國說出這個單字的話，總會引來大多數空服人員、服務生的白眼。是我的發音太差，還是有其他的原因？我實在搞不懂，後來才聽說，在中國，他們叫它「西紅柿」。

不管它叫什麼名字，台灣的番茄是我最喜歡的食物之一。不管是做成拉麵，還是湯，用番茄烹調的菜就是我的最愛，不過最棒的還是番茄汁。

順便一提，昭和八年(1933 年)，日本最早製造、販賣番茄汁的是「可果美株式會社」。

不知道是不是台灣天氣炎熱的關係，在路邊買一瓶冰得涼涼的番茄汁喝下，總讓我有一種滿足的幸福感。就是那種「潤澤五臟六腑」的感覺，那一瞬間的暢快，還真很難形容。

非常幸運地，我因為工作的關係，終於有機會去拜訪參觀生產番茄汁的工廠。

話說從前，家父經營的是製造塑膠食品容器的

公司，昭和 62 年(1987)開始到青島投資，平成 4 年
(1992)開始在北京和天津的中間點，一個叫做「廊坊」
的地方成立了獨資公司。

　　剛開始最主要的目的當然是爲了回銷日本，之後
也開始供應當地的日系企業(北京 YAOHAN 以及天津
DAIEI)PSP 托盤。

　　正因如此，有一次可果美派任在北京事務所的木
山先生來向我們探詢生產番茄醬容器的可能性。因爲
在當地，那時候還沒有眞空成形機(生產番茄醬容器的
機器)，所以希望我先到台灣可果美的工廠參觀，之後
再進行更詳細的討論。

　　由於這個緣故，我有機會到位於台南縣善化鎮小
新營的台灣可果美公司拜訪木山先生，在那裡還受到
荒木總經理、林副理、朱協理、蘇協理、堀井生產管
理課長等先進們熱情的招待。

　　原本打算下午參觀完之後，傍晚就回台北，不料
他們卻又特地準備了晚餐招待。台灣的幹部和日本的
員工經常有這樣的機會交流情感，可能因爲這樣，他
們的日語實在非常流暢，整個晚宴愉快輕鬆。

　　至於容器的製造計畫，很遺憾，因爲初期投資成
本和折舊攤提問題沒辦法解決，所以無法成立。不過
我衷心希望，下次由我來做東，招待台灣可果美的朋

友們。

　　我這番話絕非拍馬屁，台灣可果美的番茄汁設計可以說既摩登、品質又好。在口味上，則因添加了適度的鹽分，把番茄本身的味道充分突顯了出來。

　　每次到喝酒的餐飲店，我往往特別指定喝「台灣可果美的番茄汁」，也因為如此，成了大家眼中敬而遠之的怪客。我只是單純覺得，與其他品牌的番茄汁相比，可果美的確好喝，才特別選擇，不知道讀者當中是不是有和我一樣嗜好的人呢？

四、同學會——於台南大飯店

　　在台南火車站旁有一棟耀眼的白色摩登建築，那就是台南大飯店。

　　那天我因為工作關係，在傍晚時分到達當地。在櫃檯辦好住房手續後，我搭電梯到六樓，中途進來了一批上了年紀的男男女女，把我給團團圍住。

　　雖然不好意思，我還是忍不住低頭小聲地問了一張緊靠在我身旁的臉。那位女性看起來像是日本人。

　　「觀光嗎？」

　　「不是，我來參加同學會。」

　　她滿臉喜悅地告訴我。於是，在旁邊另一位看起來像是台灣人的婦人忽然大聲地笑著說：「對啊！我也是她的同學啊！」接著一旁看起來像是日本人的男士開口說：「是我們的小學同學會啦，每一年我們都到台南來呢！」

　　中途經過某個樓層，電梯門開了，這一群因為久別重逢而感到喜悅的人們踏出了電梯。

　　我進了房間，望著窗外，小小的發了一陣子呆……。突然我喊了：「啊！『灣生』。」

　　所謂的「灣生」，指的是在台灣出生，童年時期在台灣渡過，戰爭結束後撤回日本的日本人。

　　二戰結束時，大約有四十萬的日本人居住在台灣。縱使他們覺得自己生活的基礎都在台灣，希望繼續留下來，但是想當然耳，這並無法被同意，於是他們只得回日本。

　　在他們撤退回日本的當時，相信有許多感人的情節在各地上演。

　　我曾經看過在威尼斯影展中得到最佳影片獎(金獅獎)、由侯孝賢導演製作；敘述二二八事件的電影『悲情城市』。

　　其中有一幕描寫到一位即將離開台灣的小學校長

的女兒(日本女性)，把一件和服和她死在戰場的哥哥的竹刀交給一位朋友(台灣女護士)，說要給她當作紀念品。另外還有一幕，是一名日本人向台灣朋友說明日本人櫻花美學的場景。我想，台灣人和日本人之間深厚的互信關係，就是在當時這種狀況下萌芽的吧。

聽說最近有一部叫做『海角七號』的電影，深受觀眾喜愛。這部電影描述一個現代的台灣男性找到了一份在昭和二十年(1945)時一位日本男教師寫給台灣女學生的情書。故事後來的發展，就是他和一位日本女孩一起找尋「海角七號」這個地址的情節。

這部電影若在日本上映，我一定要去看。

日本的確曾經統治過台灣，台灣各地也發生過武裝抗爭，北埔事件、苗栗事件、西來庵事件、霧社事件，發生了許多悲慘的事件。

如果單只片面傳達日本統治台灣所留下來的正面遺產，那對於客觀史實的維持就顯得太不誠實了。

不過話說回來，回頭看當年遭受歐美國家殖民的國家，這些殖民地和宗主國之間的情感，是否也存在著如同我在電梯裏所遇見的光景呢？

沒有比一般百姓之間在這種跨越時空的交流更能說明一切的事實了。即使國與國之間沒有正式的邦

交，但是兩國的國民，僅僅爲了想見生於同一個時代的老朋友一面，讓「灣生」們千里迢迢地來到了台南。

在這裡，沒有「友好」這種形容詞，只有「想你念你」這個眞實的情感在彼此之間流轉。

五、遺影

明治末期，幸德秋水因爲大逆事件[1]被告，當時在法庭上爲他答辯的，就是罕見的雄辯家花井卓藏。這位花井卓藏先生還成立了一個辯論團體「辭達學會」。

在我還是日本中央大學的學生時代，就參加了這個辭達學會，把精力與時間都投注在辯論活動上。

辭達學會的會所大門正上方懸掛著花井卓藏先生的照片，每天進出總要仰望他身穿「法袍」的模樣。「法袍」是當時從事司法工作人員(法官、檢察官、辯護士、書記官)在進入法庭時必穿的服裝。

大學畢業十一年後，1997 年春天，我在台北的

---

1 1910 年日本政府因發現一椿企圖以炸彈暗殺明治天皇，藉機製造事端的事件，大規模逮捕當時社會主義人士，幸德秋水被列爲首犯，於 1911 年處死。

二二八紀念館再度見到同樣身穿「法袍」的人。

　　雖然說是春天，但是那卻是個雨滴答下個不停，陰暗而悶熱的早晨。

　　要了解台灣二次大戰後的發展，免不了要了解中國國民黨肅清和鎮壓台灣居民的代表性事件——二二八事件。

　　二次世界大戰日本戰敗, 1945 年日本從台灣撤退，放棄對台灣的主權，同時高懸青天白日旗幟的中華民國國民黨開始統治台灣。

　　一般的台灣居民將這一天視為回歸祖國的「光復節」，歡迎國民黨的軍隊與大陸居民的到來。

　　不過，經過日本統治了五十年的台灣，當時已經完成了治水、港灣、鐵路等完備的基礎建設，發展出經濟產業的結構，統治機構循法治主義統治，法律的解釋、運用與執行，都有一定的規範、秩序和公正性。

　　因此這群來自沒有近代立憲經驗、任意而為的人治主義社會的軍人們，與台灣居民間產生了一道難以彌補的鴻溝。

　　這也是為什麼代替盟軍，來自「祖國」行使權力的中國國民黨，會被台灣居民稱作「阿山仔外來政權」的原因。不尊重全體國民，任意而為的統治機構——

中華民國，登上了台灣的土地。

　　而且，最根本的問題發生在被統治者的台灣居民身上，因為他們不論在自然科學，還是人文科學方面的熟悉和活用程度，都遠超過統治者的大陸居民。

　　一九二八年，台北帝國大學較大阪大學、名古屋大學早一步在台灣創立，儘管台灣人學生與日本人學生之間存在差別待遇，但是這所大學也在台灣培育出眾多的優秀人才。

　　很多台灣學生因為厭惡差別待遇，前往日本留學(1943 年，前往日本留學的台灣人學生高達八千人)，他們在醫學等專門領域，成績都十分優異。

　　更重要的是，扎實的基礎教育讓二次大戰末期的台灣，國民學校就學率高達 71.31% 的水準，大多數居民在文化層面的素質十分平均。

　　相對地，大陸居民對自然科學熟悉的程度連台灣人一般的水準都未達，我想舉例說明，但又恐怕傷及彼等的感情和名譽，因此這部分在此暫且擱下。

　　總而言之，來自大陸的政權登陸後的行為讓台灣居民大吃一驚。

　　可以舉一個比較具體的證據。資料來自一九三五年台灣總督府舉辦「台灣始政四十週年紀念博覽會」

時，國民黨派遣的視察團所作的報告書。

他們針對台灣的狀況，共分十二項目鉅細靡遺地詳加記錄，對於社會資本的完備充實，以及台灣居民規律的生活習慣，稱頌不已。

但是台灣在被中國國民黨政府接收後，政治方面貪污橫行，所有的官職幾乎由外省人獨佔；經濟方面，金融、保險、交通、運輸、通訊、電力、肥料、製糖等等，被稱作「敵產」，從台灣總督府遺留下來的資產合計約一百一十億，全部被國民黨接收，採取專賣制度獨佔獲利，也默許黨籍幹部在業務上假公濟私的侵佔行為。

除此之外，惡性通膨籠罩全台，糧食被運送到大陸去，導致台灣本土物資缺乏，民不聊生，物價甚至暴漲超過四百倍。

在文化方面，禁止使用台語(日本統治時代，台語仍可通行)，此外，竊盜、搶劫、侵佔、背信、詐欺、器物損毀、吃霸王餐等等的刑事犯罪案件日增，來自大陸的傳染病流行，各種弊病叢生。

在各種弊端不斷累積下，不難想像的，沒多久就讓台灣人民陷入絕望。但中國國民黨仍高舉「回歸祖國」的口號，讓台灣居民燃起一絲希望，以為台灣人終於可以自由自治了。

回顧起當年，許多台灣的知識份子對當時國民黨的所作所為，莫不憤恨指責。

例如黃昭堂先生(前昭和大學教授)在別冊寶島『謎之島・台灣』中就提到這麼一段話。

「在我的經驗中，日本時代從來沒聽過有什麼法官貪污的事情，但是到了國民黨時代，就沒見過那個法官不貪污的，從這裡就可以看出國民黨的官吏素質多差。」

本書後述文章也將提到，大約三年前，我因為工作關係，有一年半的時間住在青島的即墨市，親眼目睹過無數中國官吏任意解釋、運用、執行法律的驚人行為。讓我深深體會到，中國人「濫用行政權」的問題至今仍然無法解決，更何況是終戰直後的當時，那種情形，對當時的台灣人而言，實在是太苛酷了。

台灣居民對國民黨政權日積月累的激憤之情，終於因為一個台灣女性遭到國民黨官員以槍托毆打的事件點燃爆發。

一九四七年二月二十七日，在台北市延平北路與南京西路十字路口附近(日治時代太平町附近)，一個叫做林江邁的女性被查緝員發現販賣私煙，並且遭到

槍托毆打頭部，在一旁的民眾目睹這個情形，情緒激昂，包圍查緝員抗議，結果一名查緝員開槍射殺了一名在旁觀看的男性，成了「二二八事件」的導火線。

之後，群眾集結在長官公署門口要求道歉並交出犯人，但過程中，公署衛兵卻對市民無預警地開槍掃射，以暴行回應百姓。

這個事件後來發展成憤怒的本省人(台灣人)排斥外省人(中國人)的暴動，甚至占領廣播電台(今天的二二八紀念館)，以日語發聲呼籲全台灣的人民共同起來武裝反抗，軍隊士兵與民眾的衝突更擴大到基隆、台北、台中、嘉義、台南、高雄、花蓮、台東等台灣全土。

台灣行政公署長官陳儀面對此等事態，表面上雖然做了些讓步，願意與民眾和解，但實際上卻另有打算。他暗地要求大陸中央政府增派軍隊鎮壓，表面上卻與由林獻堂(國民參政委員)、林連宗(國民大會代表)、郭國基(省參議員)等代表台灣居民的二二八處理委員會展開協商，開始交涉有關事件處理的後續事宜。

但是三月八日當援軍從基隆登陸後，陳儀即遂行終止與台灣民眾的協商，使用機關槍、手槍、刀劍對一般百姓展開虐殺。

在此同時，二二八處理委員會的幹部也遭到逮捕、拘留，其中大部分的幹部都遭到殺害，不見屍體和行蹤不明者，推斷也都死亡。

在嘉義的水上機場，一群年輕人起而武裝反抗，與軍隊展開激烈戰鬥，但是最後仍然難逃嚴重死傷的悲慘下場。

據說當時在淡水河和基隆港的水面上，漂浮了許多遭殺害者的屍體，景象讓人不忍卒睹。

話說回頭。目前在二二八紀念館的二樓陳列著許多受難者的遺照與遺物。我在凝視每一位受難者的遺影，閱讀他們過去遭受的經歷時，腳步不知不覺也跟著沈重起來。

照片中有穿著學生制服與朋友搭肩的年輕人、穿著棒球隊制服的青年、懷抱著學生相撲比賽冠軍獎盃的少年仔、穿著和服與太太並肩站在門口的青年。展示間裡，除了他們的照片外，大部分也同時陳列他們在台灣或日本接受高等教育、大學教育的畢業證書，剎那間，我好像見到不同時代的日本學長們的墓碑一樣。

走著走著，我來到一幀身著「法官袍」的年輕人照片前。

　　照片中人叫做李瑞漢。瞬時，我腦中浮現了懸掛在辭達學會教室裡花井卓藏先生的照片。李瑞漢先生從中央大學畢業後擔任法官，但是在這個事件中喪失了性命。

　　隔鄰的照片是林連宗先生，他也是我大學的前輩，看到他和我同樣拿著日本中央大學畢業證書，我的腳步再也無法繼續前進。

　　大學畢業後，林連宗先生成為律師回到台灣，加入了二二八處理委員會，最後卻遭陳儀殺害。旁邊還有一張他抱著女兒的照片，當時的他，想必懷抱著各種夢想，希望對祖國的復興貢獻力量吧。

　　心中牽掛著愛妻與女兒的未來，人卻被迫走向刑場，當年他的心情是多麼的煩悶哪！同為男人，我也有妻有女，這時候耳邊似乎傳來林連宗先生慟哭的聲音。

　　身為法律守護者的正義化身，但卻遭到邪惡的當權者逼向絕路，這份遺憾，不論李瑞漢先生或林連宗先生，必都非筆墨所能描述。

　　認識到這些為數眾多的犧牲者的經歷，以及他們一路正直走來的人生道路，不禁讓我想起死亡人數超過千萬的中國文化大革命，讓我想起中國表面高揭百家爭鳴的口號，容許知識份子批評體制，但是卻又候

地在他們身上貼上「人民公敵」的標誌進行肅清，並且堅決拒絕承認自己蠻橫的行為。

　　我在回到日本後，也利用工作的餘暇，蒐集二二八事件受難家屬的聲音。終於在去年找到了阮美姝女士所寫的書籍《台灣二二八事件的眞實－尋找失蹤的父親》(柯嘉馬・保田誠司譯，MADOKA 出版)。阮女士的父親阮朝日先生出生於一九〇〇年，二十歲時就讀於東京的舊制高輪中校(今天的高輪中・高校)，後來進入福島高等商業學校(今日的國立福島大學)，一九二六年畢業。

　　之後他就職於日本統治下唯一的台灣人言論機構，亦被稱作是推動台灣社會運動火車頭的「台灣新民報」(國民黨接收後的「台灣新生報」)，擔任總經理。

　　一九四六年，阮朝日先生得知在海南島有八千名台籍日本兵陷入飢餓狀態，有生命危險，於是與施江南醫師、李瑞漢先生、吳金練先生一起成立了「台灣海外青年復員促進委員會」，著手援救被遺留在海外的台籍青年。

　　他更爲戰後不熟悉北京話的台灣居民編撰了一本厚達一千頁的『日華辭典』，由東方出版社出版，這本辭典被讚譽爲「戰後唯一的日華辭典，可謂是台灣人

的聖經」。

　　正如『日華辭典』所代表的意義一樣，阮朝日將台灣光明的未來寄託在「祖國」中華民國上，但是這樣的他卻被迫拋下妻兒，遭到逮捕、羈留，最後喪失了性命。

　　失去了父親的阮美姝，心情充滿悲痛，以下引用一段阮女士在書中的文字：

　　「台灣改由中華民國統治，重回『祖國』的懷抱，因此被稱作『光復』。父親在『光復』初期，對『祖國』抱著很大的期望。……這麼熱愛『祖國』，對『祖國』滿懷期望的人，竟然因為他單純只是愛台灣、愛台灣人，就被迫從這個世間消失，讓一個原本幸福的家庭宛如破鏡。我每次想到這裡，心就揪成一團，傷痛不已。」(阮美姝著《台灣二二八事件的真實－尋找失蹤的父親》柯嘉馬・保田誠司譯，MADOKA 出版)(譯註：此書在台灣先有中文版，前衛出版。此段文詞是從日文譯回，與中文原文未必一致)

　　真是一段沈重的文詞。

　　阮朝日先生遭到逮捕、殺害後，繼任的「台灣新生報」社長是陳儀的部下：福建省綏靖總部情報署長毛恩章少將。他是在阮朝日先生被逮捕的前一天——

三月十一日獲得任命。因此阮朝日先生遭到殺害，可說是國民黨爲了控制媒體的陰謀。

二二八事件的犧牲者人數，一般採用的數字爲約二萬八千人，但是正確數字至今依然不明。

事件發生後，台灣在一九四八年根據動員戡亂時期臨時條款實施戒嚴令，一直到一九八七年才解除，前後長達三十八年。在這段期間中，祕密警察與強制拘留等等恐怖政治活動仍不間斷。阮美姝女士思念父親的心情長久以來無法向人吐露，也都是忌於這些恐怖政治的緣故。

進入九〇年代，本省人出身的李登輝前總統終於代表國民黨正式向二二八事件的犧牲者遺族道歉，同時開始分發補償金。但是這個事件至今仍在台灣人的心中留下深深的傷痕。

對一個認爲台灣的統一乃當急國是的鄰國中國而言，他國的內部紛爭意味著侵略的好機會。

儘管二二八事件在台灣人心中仍是一件難以原諒的大事件，但是我希望台灣人民能與外省族群融合共處，掌握今後大局的方向，記取教訓，尋求共同點，捨棄對立。

第四章

異國之地

一、人在青島

　　那一天是大年初一，我坐在早已超過表定啓程時刻多時，卻遲遲不出航的渡輪當中，無意識地望著不斷射向青島夜空的煙火。

　　對於自己已經習慣他人不守時這件事，我半自嘲地自言自語：

　　「我已經在這裡待太久了嗎？」

　　除此之外，我並無特別的感慨。

　　父親創辦的會社在公司法的現地法規下分割，由我的兄長擔任新公司的社長。我受到社長的命令，以合資公司股東的身份前來青島即墨市，這已經是四年前的事情了。

　　早在十八年前的一九八七年，我的父親就在青島市郊成立了第一家合資公司。

　　這是我第一次踏上異地中國的土地，搭乘下關到青島間的聯絡船是進入中國的第一個步驟。

　　打算利用農曆新年回日本的我，避開了擁擠的飛

機，選擇了前人的主要交通工具——船運。就在這一刻，我的心中浮現出一幕又一幕中國巨幅轉變的景象。

騾子拉著拖板車的景象從街頭消失了，馬路上再也看不到蘇聯製的罕見舊款汽車「VAZ」了。過去從香港中路上的海天飯店新館，可以直接眺望三公里外的麗晶大酒店，現在也被其他高樓遮蔽了，完全不見蹤影。

放學途中的小學生們手中拿著人民幣二十元(約新台幣一百元)左右的麥當勞套餐邊吃邊說笑。

這當中唯一沒變的，就是船班還是不按時啓航。船班在延後將近六個小時後，終於出發了，完全沒給旅客們半點交代。大部分的計程車司機見到外國人，便毫不猶豫地要求額外的車資。

毫無秩序可言。

不知道是不是命運的捉弄，我在中國的生活讓我多少體會到台灣在戰後所走過的歷程。從在青島的生活經驗，我可以推測戰後台灣人突然被迫排山倒海接受中國式統治的洗禮時，所面臨的是什麼樣的景況。

而且，戰後台灣人在當時所體驗到的無以名狀的苦惱、煩悶、無力、忿恨等複雜的感情，對我已不再是抽象的概念，而是徹頭徹尾的一種「共同經驗」。

二、要塞

我出了青島機場，驅車從三〇八國道往北行駛約十五分鐘，就到達了即墨市。

我單身赴任，到了星期天，時間完全自由，於是有機會從即墨市搭計程車前往前德軍構築的「青島要塞」——這個我一直希望一睹風采的地方。

我按照迂迴繞路的計程車司機的要求，付出了被灌水的車資，同時一邊和他吵架地下了車。在中國，為了芝麻綠豆大的小事而磨耗精力，早已司空見慣。

穿過蔣介石的行館花石樓，要塞的入口就位於紅島路的北邊。在相鄰的博物館看板旁，一幅金色招牌寫著「愛國主義教育之地」，充滿了宣導國家政策的意味。

清末在俄、德、法三國干涉下，德國於一八九八年藉口傳教士被殺害事件，強行租借了膠州灣，興建行政官廳、別墅、教會、鐵道，以及擴充其他的都市建設，同時也興建了啤酒工廠，造就了青島啤酒。

從一八九八年到一九一四年短短的十六年間，膠州灣青島採用以紅磚為主的建材，興建了許多建築

物，都市計畫讓景觀十分諧和。

在德國租借地所留下的眾多德國式建築中，唯有這座「青島要塞」未被列入外國人適宜的觀光景點。畢竟這與義和團之亂，及之前的康有為變法運動，都與山東省息息相關，山東省在當時也被視為排外民族主義蓬勃發展的據點。

所以，在博物館中，也批判性地介紹了德國如何占領膠州灣青島的經緯，以及日本大隈內閣對中國提出二十一條要求的不當性。

博物館裡，一幅以塑造英雄的方式，描繪手拿刀劍短槍的中國民兵打倒擁有現代化裝備的德軍的巨幅繪畫吸引了我的目光。

雖然正處炎夏，要塞中的溫度只有二十度左右，讓人覺得略微寒冷。幾條長約七、八十公尺的坑道縱橫等距交錯，裡頭的士官室、兵員室、食堂、醫務室、休憩室、寢室、兵器保管庫等，幾乎原封不動地維持原狀。

儘管發生在青島的攻防戰不若日俄戰爭中的旅順要塞那般激烈，但是德軍在日軍經歷了大約兩個星期的頑強抵抗後，終於俯首投降。當時參戰的日軍包括

了久留米第十八師團，我想起了童年就讀的西國分小學校旁，在鄰近的童女木池畔有一座十八師團的紀念碑。真是奇妙的緣份哪。

由神尾中將所率領的十八師團在這一場日德戰役中立下了戰功，但是在大正十四(1925)年，由於軍隊縮編的關係，一度解散了。

到了昭和時代，第十八師團被重新編隊，參與了緬甸攻擊戰、死亡的英帕爾戰役(1944年)，也加入拉孟·騰越守備隊，最後七成兵士戰死沙場。

另外，瓜達爾卡納爾海戰(Naval Battle of Guadalcanal)中的川口支隊，也是從該師團中分派而出，死傷慘重。

我踩著陰暗的坑道地面，一面追思第十八師團後來的遭遇，內心感到十分悲哀。

讀小學時，我常去的理髮店老闆就是十八師團的生還者，經常聽他說起「白骨街道」的故事(譯註：英帕爾戰役當時，通往英帕爾的道路被日軍稱為白骨街道)。

走沒多久，我登上了砲台。這座砲台是長約六公尺的要塞砲，面向北方，而不是青島灣所在的南邊。我覺得奇怪，於是再度回到博物館內，確認日軍的前

進路線。這時候我才明白，當時日軍登陸的地點不是要塞正面的青島灣，而是面向嶗山灣的龍口(今日的仰口)。

日軍從距離青島東北約三十五公里的龍口登陸，攻擊了西邊的即墨以後，轉而向南進軍青島要塞。

之後，我無意識地跑下了要塞，攔下一輛計程車，原因無他，只為了想親眼看看龍口是一個什麼樣的地方而已。

面向嶗山灣的龍口(仰口)是一片寂靜的沙灘。這片南北綿延數公里的海岸線，淺淺地向海中延伸，是一座海水浴場。不過這時候只有稀稀落落的人蹤。

這個景象，不禁令我想起「勇敢的水兵」中「平穩如鏡的黃海」這一段歌詞。海浪和緩地拍打著海岸，山丘上西沈下海的夕陽柔和地照射著海面與沙灘。

我深深地吸了一口氣，眺望遙遠的水平面之後，很自然地閉上了雙眼。這時候，傳入耳中的幽靜波濤聲，將我從白天辦公室中的喧囂與怒罵中解放，我把情緒交給了浪濤。

高校時代，我深愛李白、杜甫、王維、白居易、孟浩然等等詩人所寫的漢詩。對當年的我而言，現代中國彷彿是一個理想國，是一個繼承這些詩人之志；

尊重道德規範的文雅人民所建立的社會，就算清貧，也會是個遵守秩序、崇尚禮儀的國度吧。

但是在現實中，我置身的中國卻是個問題根源深不可測的社會。毫無節制地濫用私權，而整個社會構造也讚許這種行為。

我深感矛盾，懊惱現代中國社會是否正處於古代中國規範的極端相剋的位置上？目前中國社會的各個角落，所謂的公共性調和，以及對弱者的慈悲、慈愛和誠實等義務的履行，都被視為只是一種手段。

想到這裡，我再度睜開雙眼，停止了思考。

我眺望寒氣漸深的遙遠海岸線，快步地踏上了歸途。

三、酒肉朋友

在我第一次定期出差中國的兩、三年後，一位台灣朋友問我：

「你在中國工作，想必經常要與共產黨幹部喝酒吃飯吧！」

的確，當時青島才被指定為經濟特區不久，我父親也駐在當地，所以不論投資規模的大小，總會經常

接到邀約，出席共產黨幹部的宴會。

上午開會→中午午餐兼宴會→休息片刻→簽約→晚上又繼續晚餐兼宴會，這種行程可說是家常便飯。

宴席間，往往都是在如下的開場白中展開：

「中日戰爭時，日本軍國主義勢力侵略中國，讓許多中國老百姓犧牲了性命。不過日本人民和軍國主義不能混為一談，我們就像是同文同種的兄弟一樣。古代的日本來到中國，學習了很多中國文化，現在換中國要向日本學習。我們今天要為了今後中日友好好好乾一杯！」

然後筵席上所有出席人員就輪番以烈酒乾杯，直到大家酩酊大醉、不醒人事了方才罷休。再過個約三小時，當身體還未從酒意中恢復之際，還有簽約程序等待完成。

回顧起來，這樣的過程還真震撼。

我們之所以醉，不是因為酒精，而是礙耳的「中日友好」。

後來一位和我成為好朋友的共產黨某委員會幹部，開始向我索求酒、香菸、高級化妝品，以及 CD 唱機、日本製腳踏車、數位相機等等。相對地，我們遭遇到的勞工雇用問題、治安問題、水電等基礎建設問題，他也一手包辦解決。

在現實生活中，雙方簽約後需要解決的各項實際問題還眞不少。這些幹部見了面就是索取禮物、要求吃飯，沒見到人時就兩手一攤，一問三不知。

台灣朋友告訴我，這類人叫做「酒肉朋友」，我也注意到了這種奇特的現象。

四、苛斂誅求
——放火、背信、非法侵佔

我記得在天安門事件發生後不久，在青島的當地政府對我們還相當親切。

相較於歐美各國，因爲天安門事件而對中國採取嚴格的經濟制裁，日本所採取的反應和以前沒兩樣，而且當時外國企業也尙未積極進駐鄧小平所指定的六個「經濟特區」。

也因此，我們對中國的投資計畫變得十分積極，包括所有主要的射出成形機以及五成相關的眞空成形機、壓空成形機都移到中國，以當地做爲生產據點，對日輸出。

而且當時八百泮、DAIEI、西友等日系超市百貨開始進軍中國。從銷售策略上來說，當地對包裝材料的

需求可望成長，中國國內市場應該相當具有潛力。

另一方面，我們也開始對日商電子零件業者 M 公司在當地的青島、天津工廠供應 EPS(發泡苯乙烯)包裝材料，同時也向該公司承包任天堂電視遊樂器手把(Controller)的零件加工與組裝業務。

這些生產線完全仰賴人海戰術，所以在最盛時期，我們雇用了六百多名員工，可說一時盛況非凡。

但是，當該公司的電視遊樂器人氣逐漸下滑，SONY 的 Play Station 遊戲機推出時，我們的業務出現了數個月到一年的空窗期，迫使我們在當時必須解雇員工，斷然採取縮編對策。

我們盡可能給予員工薪水的補償與津貼，但是其中約有三分之一的員工還是採取了強硬的抗爭行動。他們舉行抗議遊行，在日本，這也是勞工的正當權利之一，所以在中國，當然勞工也有權抗議，我們並不認為他們違法。即使他們集結成群來談判、罷工、暫時佔據職場等，採取消極的不行為，乃至輕微行使暴力，都還在法律的容許範圍內。

相對地，在長達數日的談判遲遲未果之際，就有部分情緒激動的員工做出更激烈的抗議行動，包括大白天放火等過當的犯罪行為。全新的日本製淨水裝

置、兩台堆高機、五台 EPS 成形機、煤炭鍋爐設備、向積水化成工業採購的六噸 PN 塑料顆粒(原料)等機械設備與原料，還有兩百坪新建的廠房，瞬間化為灰燼。

因為這件抗議行動，我們的損失總額高達約八千萬日圓。這是公司在中國遭遇的第一個大事件。

中國的消防當局調查後，歸咎發泡苯乙烯接觸到暖房用的蒸氣配管而引發火災。

塑膠接觸五十度、六十度的鐵管，竟然會起火燃燒？這從物理學的角度，怎麼思考也覺得不可思議。中國消防當局拿一個連玩笑都談不上的理由，搪塞推說是火災起因，但從頭到尾都沒有針對縱火犯進行任何調查。

接下來，在跟中國國營的保險公司交涉時，他們完全不理不睬，一直到我們訴諸法律，隔了一年以後才得到微薄理賠的給付判決。

判決翌日，映入眼簾的光景讓我畢生難忘。

公司的翻譯告訴我，律師因為有追加費用發生，要來公司向我說明。於是我在下午二時許就在辦公室等候他到來。

終於遲遲出現的身影竟然是彼此手搭著肩頭的三

人組，一身酒臭，步伐蹣跚，進來後一屁股摔進沙發裡。

　　我一問來者何人，這三人除了原告(即我們公司)的律師外，另外兩人竟然是被告(保險公司)的辯護律師，以及最後判決我們公司勝訴的法官。

　　法官開口跟我說：「中國跟日本一樣，都是法治國家，所以這次貴公司勝訴了。只不過，判決之前有一些特別調查費和其他各種費用發生，這些都要由原告負擔。所以下禮拜的星期二以前，你們要匯兩萬人民幣到我的戶頭來。還有，有關這個特別費用的法律規定，我會另外傳眞到貴公司。」

　　此後，所謂的記載法律條文根據的法條，始終沒有傳到公司來。

　　如果這就是所謂的法治國家，那我一定要指正這位法官搞錯了。再也沒有比以人治主義統治國家的國民更可悲的人了，當我認知到這件事實時，忿恨不已，一陣涼意從背脊竄起。

　　幾年後，我們再度因身爲合資公司當地股東的中國籍總經理而遭到慘重損失。

　　這位李姓(假名)總經理在未經掛名爲董事長的他的父親許可下，竟然擅自爲其他公司(韓國公司)的貸

款作保，將公司的建築物拿去設定抵押。

公司的建築物被設定當作抵押品兩年後，那家韓國公司破產，銀行於是向我們要求代償。債務總額是八百萬人民幣(約四千萬新台幣)。

如果在法治國家，這名李姓總經理的所作所為完全符合背信罪的條件，但是，可能因為他給警察大筆的賄賂，竟然不須承擔任何法律責任，僅僅辭去公司職務，仍然在青島逍遙自在地生活。

我們公司透過民事法庭提出該筆作保無效的告訴，但是法庭不承認董事長的說詞，也判定作保的合約確實有效，因此判決約六百萬人民幣的償還義務歸屬於我們公司。

結果，在虛假的合約上簽名的李(假名)姓男子，當然一點償還義務也沒有。

在漫長的七年訴訟過程中，我們花費了許多時間精力和訴訟費用。由於有這個經歷，我確信，在這個欠缺秩序的國家遭到強制奪取的日系企業，一定蒙受了莫大的金錢損失(達幾千億日圓)。

順帶一提，在日中友好協會所發行的報紙中，從來沒有報導過有關日系企業因為中國人幹部的犯罪行為而被迫承受經濟損失的消息。

最後，在二〇〇六年一月，我經歷到一次僞裝成勞資糾紛的黑道非法占據事件。

當時我們將一家小型模具工廠的經營委託給擔任總經理職務的鄭(假名)姓男子。由於他的怠業(他在好幾個城市經營卡拉ＯＫ餐廳當副業，還因爲仲介賣春的嫌疑遭到逮捕)，導致也是合資公司當地股東的他最後終於經營不下去，就以向日本總公司索取二十名員工退職金的名義，封鎖了工廠，不斷向總公司恐嚇。

我實在搞不懂，公司明明已經將五台日本製的一流模具製造機具免費提供給他了，當工廠營運不振時，他竟然將所有的責任推諉給日本總公司。

我找了一位擔任眾議員的同學一起前往外務省(外交部)陳情，希望透過外交關係，要求青島政府協助盡快解決非法占據事件。我非常感謝當時駐北京的日本領事館領事部長Ｋ先生，他認眞地幫忙我處理這件事。但是，中方的對外貿易管理委員會以下所有的部門，反應卻是冷淡到極點，連開發區(案件現場所在)的管轄警察都認爲非常占領的人沒有錯。中國當局在接到來自日本外務省的正式協助請求時，竟然也是同樣的反應，等於沒有採取任何行動，這情形讓我非常驚訝。

這個事件若在法治國家，完全符合恐嚇未遂、暴

力妨礙業務、侵佔不動產等罪名，但是我們在青島的法律顧問竟然說完全不符合犯罪要件，真拿他沒輒。律師不僅一次也未移駕到被占據的現場，而且還主張不要浪費力氣才是上策。

這些資歷僅僅三年的主管，平均月薪五千人民幣，卻要求高達六十萬的退職金，整件事情明顯毫無正當性，他們卻假借「勞資糾紛」的名義從事違法行為，而這個社會也認為他們的所作所為是正當行為，完全不抵觸法律，這實在是超過了日本人所能理解的範圍了。

政府官員和警察，沒有一個人可以信賴。

行政當局有一位Y姓主管，表面跟我說他無法理解鄭姓男子的違法行為依據何在，滿嘴都說要幫我們盡快拿回被侵佔的工廠，但是在與侵佔者談判當天，Y姓主管卻連影子都未出現。說他是一個京劇演員，一點也不為過。

完全不給予協助的青島政府官員和警察的臉上，早已見不到當初招商時的熱情笑容，只留下千篇一律的「沒辦法」，和厭惡的表情。

我父親總額高達八億五千萬日圓的對中投資，客觀而言，短期目標是要將中國當作一個生產據點，等到中國國內市場成熟，再逐漸擴大中國國內的行銷。

另一方面，我推測他還有一個主觀的理由，希望盡量多雇用一些貧窮的當地居民，在經濟上給予他們好處，以稍稍彌補中日戰爭時對中國造成的損傷。

換句話說，這項龐大的對中投資，或許可以說是一場大規模的人道主義實驗。

倘若進行這場實驗的國家不把人道主義認為是一種騙術，而能夠誠懇地接納其價值的話，這場實驗的結果想必成果豐碩。

我的父親在前後十八年當中，讓大約五十名中國員工到日本擔任技術研修生，照顧他們，其中還包括兩名曾經對他做出背信行為的主管的子女。

我父親的好意，看在中國員工的眼裡，不過是一種不需要仲介費用(約六十五萬台幣到一百萬台幣)，方便他們成為高級打工仔的最佳捷徑，這些受過照顧的中國員工，目前只剩下兩個人還在青島有當地股東的合資公司工作。

其實，這些到日本的技術研修生在一九九八年以後發生了好幾次刑事案件。有人在回國期限到期前一個星期失蹤，有人多次造成同為研修生的中國同事負重傷而被逮捕。還有人引發小火災造成虛驚，或者在超市裡偷竊只值兩、三百塊台幣的東西，被逮後在警

衛室裡問話時卻逃走，還拿石頭丟擲在後追趕的警
察，最後被以強盜罪逮捕。

這些，就是發生在當今日本的中國人犯罪的實況
縮影。

每當我去保釋他們，從來沒有一個人認錯，每一
個人都認為自己沒錯，經常讓我感到無力，甚至不知
從何生氣。

那時候我買了幾本台灣人評論家黃文雄先生的著
作，讀了他辛辣的中國政治論、文化論。儘管他的描
述非常嚴厲，但是大致上我都同意。而且我也想通了
一點，中國在希望奪取一家外資企業時，首先會判斷
這家企業是高附加價值產業或低附加價值產業，而且
中國政府最後的判斷基準，甚至是這家企業是否可以
無償提供中國最尖端技術。這兩個判定點也間接影響
到中國的國家政策，決定是否採取行動，逼迫能無償
提供最尖端技術的外資企業留下機械設備與不動產，
而從中國撤退。

一個明顯的例子，就是中國政府打著「IT(資訊技
術)安全產品強制認證制度」的招牌，要求從 2010 年 5
月起，IT 產業必須公開產品的機密資訊。

「IT 安全產品強制認證制度」要求所有在中國國
內銷售或製造的數位家電製品，若是政府採購的，都

必須向中國政府公開控制的核心程式「原始碼(source code)」。企業若不遵守這項規定，就禁止在中國生產、銷售或由外國輸入中國。

別忘了，所謂若是政府採購品都必須公開的這項規定，並不是中國主動縮小範圍，而是在經過世界各先進國家的抗議批評後，中國才不得不修正政策的結果。

這項制度充滿了古老封建制度的思想，顯示出一個無法自行開發尖端技術卻擅長模仿的國家的極限，也顯示了一個國家企圖從外國企業手中搶奪智慧財產權，並將這種行為正當化的很不文明的企圖。

中國不顧歐美、日本的批評，立法以便合法地強奪他人的智慧財產權，並且實施這項充滿封建思想的法律，以彌補本身技術的落後，這樣的國家顯然已經喪失投資的適當性了。

另一件事情。以前中國的營業增值稅退稅率是十七％，現在降到只剩五％，還實施了勞動合同法，規定企業與員工第二次簽訂合同，期限必須在三年以上，雇用十年以上的勞工必須給予終身雇用。

這麼劇烈的法律變動，對勞工密集產業和低附加價值產業而言，等於是一項讓投資資本回收無望的措施。加上人民幣的升值趨勢，這項政策可說完全忽略

了未來的發展。

目前，包括中國社會科學院在內的學者和許多國家領導人，異口同聲地主張不要勞動密集的外資企業，也要求勞動密集的外資企業從中國撤出。

不管產業結構如何發展，以中國的狀況來看，實在不太可能讓過半的勞工從事服務業。在中國的人口中，從事服務業和商業等需要較高知識水平的人，似乎只存在於都市，大部分人民都還沒達到這個水準。

中國爲了拉近貧富差距所採取的經濟政策，幾乎都是公共投資。他們應該提升貧窮階層的教育水準，加強獎學金制度，並且在農村廣增公立學校。但是這些，政府至今尚付之闕如，這與我前述的觀點也是息息相關。

再回頭談智慧財產權的問題。中國大量輸出粗製濫造製品的情形不見減少，仿冒品猖獗，導致日本企業一年蒙受的損失高達兩百億日圓(約相當於67億台幣)。儘管主政當局進行取締，但是越是鄉下地方，本地企業與警察間的勾結越深，取締往往流於形式。事實上我本身就飽嚐開發區警察不願協助之苦，其辛酸實在是筆墨難以形容。

有部分媒體報導，世界景氣恢復的關鍵在中國，

我認為那完全是錯誤的見解。前面我也提過，中國的
法律強迫企業公開「原始碼」，中國的政策強迫勞動密
集產業撤出中國，在這樣的社會環境，怎能期待所投
下的資本能夠回收呢？

　　短期內，機具產業、汽車產業、化妝品產業、精
密機械產業等特定的幾個行業，市場可能會成長。
至於其他產業，中國是個超乎想像而充滿國家風險
(Country risk)的地區，在建構事業策略時，必須有其他
市場才行。

　　包括我在內，大部分日本國民認為他們對中日戰
爭時中方的人員損失和經濟損失負有責任(在可能範圍
內，從事釐清客觀史實的研究人員也不例外)。

　　從中日建立邦交以來，日本對中國等同於國家賠
償的有償和無償經濟援助，已經持續了三十七年，金
額超過八兆日圓(相當台幣約 2.7 兆)。

　　進入二〇〇〇年後，日本的中小企業接二連三地
破產，但中小企業支援協議會提供做為融資的資金僅
有四百億日圓。相對地，提供給中國的援助經費卻超
過二千億日圓，這種異常狀態，我們都不應該忘記。
特別是大部分中國國民根本不知道，日本提供給他們
的援助，累計已高達八兆日圓，烙印在他們頭腦中
的，只有共產黨宣導南京大屠殺犧牲者有三十萬人的

印象。

　　我聽說有一些大型零售業的企業家懷抱著贖罪心理，不斷增加對中國的投資。但是在投資中國之後，這類企業必須仰賴政府支援重整，或者淪為破產的命運，這些企業家的心中，不知道是否因此平撫了些什麼？

　　唯有受援助者誠心希求人道主義所謂的贖罪，那麼，犧牲自己的生存權利追求贖罪意識的行為才有意義。如果把自己的生存權利也一併奉上，送給躲在人道主義背後的國家意志，這種行為還是把它留在小說的情節中就好。這是凡夫俗子的我的一個建議。

［追記］

恐怖的中國民事訴訟法第 231 條

　　第二百三十一條　被執行人不履行法律文書確定的義務的，人民法院可以對其採取或者通知有關單位協助採取限制出境，在徵信系統記錄、通過媒體公佈不履行義務信息以及法律規定的其他措施。

　　司法解釋規定　限制出境人員的具體對象，在被

執行人是法人或其他組織的情況下，不僅包括其法定代表人，主要負責人，而且還包括諸如外務人員等影響債務履行的直接責任人員。

　　有些人以爲：在開發中國家辦事，隱藏著風險。這句話的意思涵蓋了在開發中國家中，可能缺少一般文明國度習於遵守的法規、習慣以及邏輯。

　　在現實生活中，唯有遇上了常識中認爲不可能發生的風險，唯有遇到料想不及的悲慘事件時，才能眞正體會出已開發國家與未開發國家之間的鴻溝，才能了解其間可能產生的摩擦有多嚴重。這眞是十分諷刺！

　　我本人始料未及地也直接體驗了這種風險的滋味，其間過程超乎常人的想像。這件事情發生在二〇〇九年9月18日，就在我剛完成『台灣記』這本書後不久。

　　在『台灣記』中，我提到因爲所雇用的中國人總經理李姓男子(假名)的背信行爲，擅自與韓國公司簽訂了擔保人的合約，導致我們合資的公司建築物遭到抵押權設定(李姓總經理並未取得他擔任董事長的父親的許可)。儘管後來該建築物也被中國商工銀行(假名)

拍賣，但是之後依然留下約 300 萬人民幣(約台幣 1300 萬)的債務。

由於債務未完全解決，因此中國商工銀行(假名)根據中國民事訴訟法第 231 條採取因應措施，向法院申請要求對敝公司駐在當地的日本人廣瀨孝史做出限制出境的判決。

青島中級人民法院對於銀行這項申請的裁決迅速得驚人，從申請提出到認可判決，只花了 2 天時間(8 月 25 日)，讓 9 月 18 日正從青島機場離境，打算回日本的廣瀨孝史當場遭到當局限制、阻上其離開中國。對遭限制出境的廣瀨孝史本人而言，這正是其遭到恐怖非法強制滯留中國的生活的開端。

當初設立這家中日合資企業時，廣瀨孝史只因為形式上是日方企業的董事，因而在中國也掛了個董事的頭銜。但是從 1988 年公司創立以來，他從未領過合資公司一次薪水，而且凡涉及對外簽約、雇用與解雇員工、財產處分等等的事務，也完全未曾涉獵掌權。此外，他從未與中國商工銀行(假名)就中國李姓總經理(假名)所做的背信行為簽下任何債務擔保償還合約。

「世界人權宣言」保障人類有出國、住居遷移的自由等權利，在世界大部分地區也都獲得保障。但是，

廣瀨孝史卻因爲形式上的頭銜，就遭到中國共產黨輕易地侵害他的出國自由和住居遷移自由。

根據中國民事訴訟法第 231 條限制出國對象——「被執行人」的認知，中國政府認爲廣瀨孝史是「法定代表人」、「主要負責人」、「外務負責人」當中的「主要負責人」。這項認知乃是來自極爲模糊且擴大範圍的解釋。

在法治國家的一般常識中，國家若要運用一項涉及侵害國民和外國人自由人權的法條時，一定會再三考量條件是否符合，對法條的應用也會限制性地實質採用，並且謹愼嚴格地進行解釋。

相對地，中國的人民法院在銀行提出不合理要求，希望動用 231 條法條時，只經過粗略的審查，在短短 2 天後即匆促運用權力，限制了廣瀨孝史的出境。之後，廣瀨孝史也對這項不符事實的冤罪提出抗議，要求解除禁止出境的處分。另外他也經由律師提出抗議，並接受了日本外務省對事實的調查。直到人民法院下令限制出境的 150 天後，終於獲得解除限制。

當時，我陪伴擔任社長的兄長一起拜訪日本自民黨、民主黨等幾位知名民代的事務所，向民代們提出這項處分嚴重侵害人權的控訴，甚至連我大學時代的

好友——議員秋葉賢也邀請外務省相關人員來到事務所，聆聽我們的請求，協助廣瀨孝史能早日離開中國。

除此之外，我們也經常打國際電話安慰遭到非法留滯在中國的廣瀨孝史，不斷地給他打氣、鼓勵，並且告訴他中國共產黨政府這樣的野蠻行為一定會受到其他法治國家的批評，他早晚一定能離開中國，不須多擔心，同時也寄了日本酒到中國，希望能安慰他。

中國當局可能竊聽我們電話中的談話，故意打開我們以 EMS 寄過去的商品，徹底調查了包裹中的酒和食品。也因此，當這些酒和食品送到廣瀨孝史手中，已經是一個月以後了，包裝也變得破破爛爛。

廣瀨孝史在遭到不當限制出境的三個月後，精神狀態開始失衡。原本他計畫到橫濱女兒和孫子家過年，但是當他得知自己不可能成行時，電話那頭的聲音顯得更加虛弱。

2010 年一開年的一月，除了循著原來的做法尋求出境之道外，我開始在腦海裡揣摩是否可能訴諸國際輿論，抗議中國像北韓一樣地綁架日本人，他們無理的措施強制限制了廣瀨孝史出境。

就在這時候，我接到了青島中級人民法院的電話通知。令人難以置信地，他們竟然承認 8 月 25 日人民

法院所作的限制出境處分是一項錯誤，這項限制將在 1 月 26 日解除。隨後這項通知也發函給入境管理局，因此，廣瀨孝史真正可以出境已經是 2 月 10 日的事了。

這是一段中國共產黨政府不當限制外國人出境長達 150 天的真實記錄，經歷過這項暴行，我在這裡希望日本和台灣的中小企業主認清投資中國的危險性。尤其針對那些因為中國民事訴訟法第 231 條規定的濫用，而遭限制無法回國的台灣人民，我希望這條法律的問題能獲得好好的檢視。

可能有人會建議，只要賄賂或在中國保持良好的人脈關係，就不會遇到這種問題。不過，請別忘記，這些關係最多只能保障公司成立初期的 2～3 年時間。我們應該思考，當今世界人治主義已經走向衰退，或者應該說，唯有邁入法治主義才能為人權有所保障。

中國掛在嘴邊的「台灣同胞」或是「同文同種的文化」等美麗的詞藻，都只是披著中華思想的外衣，大家須多深思。

在全球近代私法的發展過程中，當國家與個人之間的法規建立後，個人對個人的法律條文也逐漸確立，這也是市民革命宣告所有國民都應享受自由與平等下的產物。當人類否定了封建式土地所有制度，否定了身分階級制度式的政治環境後，必然會形成人與

人之間自由且平等的關係。

因此，在「絕對所有權原則」「私有自治原則」的基礎上，同時在封建階級解放後，人類社會終將誕生「權力能力平等原則」。

在這樣的條件下，提倡「以社會主義爲基礎的改革開放」「獎勵外資企業投資」的共產黨，其經濟政策該如何與「私有自治原則」整合？這當中存有疑問。

私有自治原則牽涉到私法的法律關係，其所採用的原則可已透過自由意志，自律地形成法律關係。在此同時，相對地也包含了所有個人不透過自由意志就不能取得權力或擔負義務的原則。

尤其在資本主義高度發展下，20世紀初葉出現了階級對立與經濟失去紀律的情形，二次大戰後爲了緩和這樣的問題，於是誕生了社會法(勞動法)與經濟法(租地法、租屋法、獨佔禁止法)。

但是不可遺忘的是，民法中誕生社會法、經濟法乃是立足於「個人尊嚴(民法第1條之2)」的觀點，乃是爲了達到滿足「個人尊嚴」的目的。

在這當中，中國未經近代立憲政治的過程，因此其所採行的政治體制是「共產黨」優先於「個人尊嚴」，其民事訴訟法也是基於前述精神所立法，也因此中國的民事訴訟法大幅限制了解救勞動階級和貧困階級所

需具備的「私有自治原則」，也或許因此，民法第231
條有了獲得正當地位的機會。換句話說，爲了矯正極
端資本主義的問題，中國當局容讓國家權力侵害個人
的法律權益(強制限制出境，以此要脅債務的清償)。

但是，在本案中的原告既非經濟上的弱者，也非
勞動階層，而是資本能力與社會約束力均不遜於國家
的中國商工銀行(假名)，被告則是外資中小企業的一名
徒具頭銜的幹部，更何況他並未接受當地公司的報酬
或賦予任何權力。

因此，當局運用第231條法律乃是一種實質上的
任意行爲，完全違背了民法社會化基本原理的精神。
在強大的獨裁國家中，擁有經濟權力的人很容易循司
法途徑做出限制個人行動自由的暴行，也因此民事訴
訟法第231條乃是一條不正當的法律，根本違反了近
代私法的「私有自治原則」。

這條法律，可說違背了中國也批准並加入的「經
濟社會與文化權利國際公約(International Covenant on
Economic, Social and Cultural Rights)」(A公約)(2001年3
月27日)，是一條天下惡法。

怎麼說？前述公約第一章第一條的內容爲：「所有
民族均有自決權，並得據此權利以自由決定其政治地
位，自由從事其經濟社會與文化之發展。」且在第五

條也規定：「本約條文不得解釋爲任何國家、團體或個人有權從事旨在破壞本約確認之任何權利或自由之活動或行爲，或對此種權利或自由作嚴於本約所定之限制。」

但是在第 4 條中也有例外規定：「國家應得在符合此等權利性質之範圍內，並爲增進民主社會內之公共福利計，以法律設定限制。」

但是像本案在背信罪成立的經濟犯罪情況下，根據民事訴訟法第 231 條強行要求保證清償債務。在這個案件中，法律所保護的權益並不符合「爲增進民主社會內之公共福利」這項條文的目的，也完全不適用前述條文。其所保護的只是「增進共產黨專制社會擁有特殊利益者的私人權益」。

只要中華人民共和國民事訴訟法第 231 條這種破壞近代私法大原則、違背中國自己也批准並加入的國際人權公約的法律繼續存在，前往中國投資就是一件極爲危險的事，還不如儘早分散投資到印度、越南等東南亞國家，才是追求穩定經濟成長的途徑。

台灣政府要與中國簽訂高達 45％台灣國民反對的 ECFA，對於這件事，從外國人的角度來看，台灣政府在與中國簽訂 ECFA 之前，應該要求中國立即廢除強制 IT 產業開放原始碼，以及廢止民事訴訟法第 231 條

做爲條件。

　　我有一位台灣朋友在上海附近經營工廠，他的台灣人總經理從八年前失蹤後就行蹤不明，至今仍未回台，他也來找我詢問該如何是好。

　　聽到這件事眞是令人心痛，希望他不要受到這條惡法第 231 條所害，被非法拘禁在某處。唯有當公平競爭獲得保障，國家權利應受限制不得擅自介入，方能擔保自由貿易的發展。目前的中國是否做到了這一點？我想各位台灣人民都心知肚明吧！

五、討錢

　　討錢是中文，意思是向人要錢。這樣的字眼，我不太希望在文章一開場就使用，不過這卻是中國社會四處可見的問題，也是一個不容忽視的問題，我來談談我的幾次經驗。

　　一次我前往煙台，在百盛百貨(譯註：馬來西亞商PARKSON 百貨公司)前，看見一名年約十二歲，膝蓋以下足部變形無法順利行走的少年坐在路旁行乞。我心疼他可憐，於是拿了兩百塊人民幣給他，他笑著不斷向我道謝說：「謝謝，師父！」

這時候同行的公司司機馬上跟我說：

「他那是在做生意，你沒必要給他錢。」

其實，每當我在路上看到行乞的人，給他錢時，不論是同行的翻譯或司機，都會這麼說，所以這也不是頭一遭。他們一再告訴我，那些行乞的人都是在做生意，不必給錢。

改革開放的旗手鄧小平在南巡講話時，曾經講過「讓一部分人先富起來」，那已經是距今約二十多年前的事了。之後中國經濟發展快速，從街上行人的服裝或景色，看得出來人民生活越來越富裕。

共產黨不追求民主化，只致力於穩定發展，造福了許多人。尤其太子黨(統治階層的子女)以及其關係企業經營者，在這一波中更是大蒙其福，建構起龐大的財富。這種狀況或許也出於一種無奈。畢竟很難有一種法律政策能夠讓十三億百姓同步、均質地富裕起來。

另外，江澤民等領導人也實施嚴格的愛國教育，在全國各地新建了三百座以上的抗日紀念館。中央電視台和全國四個直轄市與二十二省的地方電視台，在每天晚上的黃金時段(夜間七時～九時)，一定有頻道播放以中日戰爭為題材的節目。這些節目不外乎描寫窮凶惡極的日本兵如何殘殺善良的中國老百姓，或是八

路軍與新四軍大勝日軍的「平型關」之戰和「百團大戰」
的情景。

當一個國家不斷挑起、放大人民對日本的憎惡與
敵意，同時又努力宣傳人道主義時，這讓我感到這個
國家的政策真是不誠實。

相對地，中國當然絕口不提鎮壓和屠殺西藏、維
吾爾、內蒙古等少數民族的事件和台灣的二二八事
件，也從未播放過有關大躍進和文革中數千萬人遭到
殺害的報導節目或故事，這正是政策不誠實的最佳佐
證。

中國共產黨只在有利於國家意志的情況下，才會
鼓吹人道主義。他們在國內推動的愛國主義，所推崇
尊敬的，也僅限定於部分共產黨偉人而已。

愛國這件事一定要涵蓋生活周遭中的人物，除了
一般健康的人以外，當然也要對老人、小孩、身障，
都要懷抱一顆慈愛的心。

一個國家即使有社會福利政策，但是未必能夠救
濟所有的人，這一點日本也不例外。像這類人就必須
仰賴居住在同一社區的市井百姓援助。行走於路上的
行人當然擁有各自的生活，但是也會因為慈悲心而伸
手援助路旁的其他人。

慈善事業家或一般人，一旦領悟到你施捨小錢，

卻被奉勸「你不必給他錢」的中國風潮，眞是無限悲哀。

這可能要回溯到四十年前——文化大革命的大肆破壞廟宇，是不是也把存在人們心中的慈悲給一併奪走了？

宣揚愛國主義沒有問題，只是希望中國也能對那些未搭上經濟發展便車的窮苦人，多投注一點愛心。

六、台灣慕情

我在青島大約生活了一年以後，供應給日系食品工廠的不穩定銷售通路終於逐漸上了軌道，有當地股東的合資公司終於也可以光靠中國國內市場就可經營下去。只不過利潤非常微薄。

同樣地，我也經歷了各種事情。員工中有人勤勞，也有人懶惰。勤勞的人當中有人做事死板，有人十分靈活。有些人在你教過後，他就嚴格遵守，有些人則不予理會。

管理上，我覺得在中國有一點比在日本容易，那就是打掃。在日本，因爲我是主管，所以不論是在辦

公室或工廠，即使我不去打掃，員工也會自動自發。不過這種自動自發，未必能徹底達到防止客訴發生的程度。

在中國，我每個星期六上午花兩個小時時間打掃廁所、廚房、會議室、走廊、玄關的窗戶等等。

工廠的部分，我一定親身示範品管該做到哪個程度、怎麼做，又在機器周邊，我也一定親自拿起抹布，示範髒污該如何打掃、清潔該到什麼程度。

當我連續一個禮拜在工廠裡徹底示範清潔工作的方法後，員工們即使不是百分之百，也都能連續三、四個星期，持續完成我所示範程度的清潔工作。雖然主管若兩個月未參與清潔工作，工廠就又恢復原狀，但是仍然讓我感覺，樸直的員工的確容易管理多了(這當然是與輕微貪污、偷懶、稍微失禮的謾罵和行動，睜一隻眼閉一隻眼相比之下的感想)。

儘管如此，在平常的夜晚，我依然很難抽出閒暇。

這時候，我買了一台有天線的電視機，終於可以欣賞電視節目了(看不到日本 BS 衛星節目)。

前文我也提過，在黃金時段，不論山東電視台或是浙江電視台，不然就是四川電視台，各個地方台一定上映八路軍現身解救遭到兇惡日軍凌辱的善良中國

百姓的劇情，沒有一天間斷。

儘管口頭吹擂著「中日友好」，但是對國民百姓卻透過電視挑起和放大仇日情緒，這也是中國在二〇〇五年為什麼短時間內就出現反日暴動的原因。

幾乎所有的電視節目都有中文字幕，對學習語言很有幫助，只不過節目內容基本上很枯燥。在這個情況下，台灣的衛星頻道「東風電視台」所播放的節目就成了我唯一的救星。

有一個節目是由美女黃嘉千主持。她也是一位喜劇演員，包括她在內的台灣藝人，不論歌唱或演戲，都唱作俱佳，節目十分有趣。

白天在辦公室裡，大家講話的速度跟機關槍一樣，而且對話彷彿在吵架，充滿壓迫感，因此柔和的說話語調對我而言實在非常悅耳，我的心甚至因此獲得撫慰。拜「東風電視台」的節目之賜，就算節目內容我無法百分之百看懂，但是也讓我得以從日復一日的壓抑心理中獲得解脫。

而且，「東風」每天的節目，有時候是料理，有時候是綜藝，對我這已經厭倦了以饅頭(純粹麵粉製)、水餃為主食的胃袋，也算是一種刺激。

正因如此，我也養成了每逢星期日，一定盡量尋

找日本料理或台灣料理解饞的習慣。

我經常到台灣料理餐廳享受牛肉麵、雞腿飯、排骨飯、魯肉飯、空心菜等等美食。當我有一次找到一家專賣台灣高山茶的茶葉店時，真的感覺就像獲救一般。

這家店就在燕兒路附近。由一位日語講得很好的長者經營，專賣台灣茶葉，店裡擺滿了芳香的高山茶、凍頂烏龍茶、鐵觀音等等，我也成了那家店的常客。

有時候我把買來的台灣茶送給同住在宿舍的日本同事，因為茶的味道與芳香也深受他們喜愛。

生活在中國，奇妙地竟然引發我對台灣的鄉愁，這是我在日本時從未體驗過的。

第五章

一段與難忘友人的旅行

一、樣品與失物

這件事發生在我從青島直接將大型壽司盆(射出成形製品)樣品寄到高雄的時候，客戶是一家很有名的壽司連鎖店，叫做「江戶前鮨」。

為了保險起見，我請日本的總公司也另外寄了相同的樣品到高雄。這麼一來，當青島寄出的樣品先寄達客戶的公司時，客戶打電話來說另一個樣品不需要了。因為我擅自作主，寄了兩個相同的樣品，我當然也不能說什麼。

於是我開始緊急追蹤這件從日本寄出的樣品，想知道樣品是否已經寄達高雄郵局。在跟郵局確認了我的提單號碼後，我請高雄郵局立即丟掉那個樣品。這種情形若發生在日本，只要確認是郵件本人，郵局就會照辦，可是台灣就不是那麼一回事了。

電話裡出現了一位經理級的主管，開始跟我講日語，他說：「丟掉很可惜，我們幫你寄回日本好了。」還加了一句：「免費的！」但我還是堅持拜託他：「不好意思，還是請你們把郵件處理掉吧。」

這位主管真是親切，沒多久，他口氣遺憾地說：

「那我就只好遵辦了。」

掛上電話，我突然有點後悔起來。

可能因為每天處理的都是客訴和殺價等等嚴肅而無趣的對話，那位先生貼心的話語：「沒關係的，廣瀨先生」，深深滲入了我的內心。

過去我來台拜訪客戶 C 塑膠公司時，曾有兩度將在日本購買的禮物忘在長榮航空和中華航空機艙內的經驗。其中一次，航空公司後來幫我把禮物送到飯店來，另外一次也被小心地保管在機場，直到我取回。

在台灣的故事不只如此。兩年前我和雙親一起訪台時，母親為了 N 化成公司的 W 董事長，特別準備了外國製領帶當作禮物，結果卻把領帶忘在旅行社的車中，結果隔天司機發現後，還專程送到飯店給我們。老實說，我覺得台灣的人民道德水準非常高。

當我在青島把非法占據的案件解決得差不多時(透過司法程序，目前尚在訴訟中)，我決定要回去日本。就在這時候，我聽說兩位大學學弟(在軟體銀行工作的岩原君，以及在清水建設任職的押野君)從未去過台灣，我於是在踏上日本歸途之前，先繞道台灣。

我帶著兩名學弟造訪了台北一○一、行天宮、算命小巷、故宮博物院、中正紀念堂、二二八紀念館，

最後一天晚上還去了士林夜市。

　　懷念的古早射氣球遊戲、果汁店裡色澤鮮豔的各式果汁、長達三十公分的巨大香腸、各式珍品並陳的雜貨鋪，都十分迷人。行程最後來到位於農安街的日式涮涮鍋店「鍋神」，大啖海鮮鍋。

　　「鍋神」的店長L小姐是我的老朋友，她知道我這次來台灣還沒洗過溫泉，於是邀請我們隔天利用飛機起飛前的空檔，開車帶我們到陽明山的溫泉去。

　　就在學弟們出訪台灣的旅行即將告一段落之際，岩原君發現從日本帶來的行動電話不知道掉在何處。他回想了一下，想起手機可能掉在從士林夜市到農安街的計程車上。可惜我們並未向計程車司機索取收據，因此對於手機的去向，束手無策。岩原君身為電話公司的員工，對自己的手機卻這麼不小心，所以他有些沈默。

　　這次的旅行有一半是為了慶祝他從前年十二月的胃癌手術中痊癒。他天生個性開朗，即使遇到這種事情，也盡量冷靜以對，讓我印象深刻。

　　隔天，店長L小姐就開車載著我們上陽明山，享受濃郁硫磺氣味的溫泉。這一天岩原君看起來精神好多了，一直眺望著遠方的風景。我見到他腹部中央長長縱走的手術傷痕，也跟著覺得疼痛。

　　回國以後發生了一件讓人訝異的事情。岩原君遺失的手機竟然被一個 DHL 包裹寄回日本的住處，寄件人是一位住在台北市的劉姓女士。

　　岩原君在和我碰面時，雀躍不已地跟我說：「我嚇一跳！怎麼有人那麼好心？」他說他收到手機後，馬上準備了五千日圓的商品券寄去給劉小姐當作謝禮。

　　那時候我和岩原君相約明年再一起去台灣，可惜這個願望破碎了，再也無法實現。就在去年的四月二十九日，岩原君因癌症復發突然去世。儘管他滿心希望能親自向台灣照顧過他的朋友道謝，但是病魔還是無情地奪走了他的生命。

　　我站在岩原君的墳前，無奈於自然界的無常而落下淚來。他是個善良的好人，嘴裡絕對不吐傷人的言語，個性溫和，人望也好。我回顧他生前正直的作為，無論如何都找不到這個年輕生命該被奪走的理由。腦海裡不斷無意義地自問自答，過度的忿恨讓我幾度對空揮拳，決堤淚水再也抑止不住。

　　後來我前往岩原君足利市的老家，岩原君的母親見到我，即時低頭向我道謝說：「非常謝謝你帶宏和(岩原君的名字)去台灣旅行。」說完又追加一句：「他很開心地跟我說過手機掉了還被平安地送回來的事。」

　　在我的人生中，與岩原君生命最後共處的一段時

光就在台灣。在那片人情溫暖的土地上，能與善良的岩原君共處，真是幸福無比。光是想到這一點，就讓我非常悲傷難過。

二、分享

位於台北市北邊的陽明山在夕陽的映照下，翠綠的樹木顯得格外美麗，充滿生命力。

岩原君過世後，我獨自一人再度造訪台灣。走在天母街上，相對於生命力滿溢的樹木，我腦海中盤旋的都是四十一歲英年早逝的岩原君的身影。

再度到前次與他一道造訪過的地方，我沒有向任何友人提起岩原君的事情。連寄還手機的劉小姐，我也沒去拜訪。我想，就算人到了那裡，也一定淚眼婆娑，話哽在胸口吐不出來。

抱著鬱悶的心情，我踏進了酒店。這家酒店是我們上次一同來過的店，諷刺的是，女主人迎面第一句話就問：「大家都好嗎？」我撒了個謊回答「還好」，半晌說不出話來，最後憋不住，就離開了那家店。接著我走進另外一家店「M」(假名)，這次我主動開口找了一個話題打發過去。這件事我後來也告訴當時一起

來台的另一位學弟押野君。

押野君第一次來台灣時，對於酒店媽媽桑各個博學多聞的情形感到訝異，尤其是每一位都說著一口漂亮的日語。

其實「M」酒店的媽媽桑已經通過日語檢定一級的資格考試，她收到押野君帶來的禮物時，很自然地以日語有禮地說：「謝謝您，我會把禮物與大家一起分享。」連我聽了都吃一驚。

後來我們聊到食物的話題，不曉得媽媽桑是不是對食物特別有鑽研，竟然連「赤穗鹽」的事情都曉得(日本很多人都不知道)。對於赤穗這個地方，她還解釋：「赤穗就是以四十七名赤穗義士聞名的那個地方嘛。」

驚訝不已的押野君後來在日本和我聊天時，就對台灣人對日本有深入研究這一點，讚譽有加。我也把這件事轉告給媽媽桑，特別是有關押野君極為佩服她博學多聞這件事。

閒話至此，我的心情也跟著放輕鬆，開始唱起歌來。

與人分享悲傷的故事，這件事就隔陣子再說吧，現在提起，只會讓人心情更加沈重。

酒難下喉，我埋頭只點台灣可果美番茄汁，結果

還引來媽媽桑的抱怨：「你眞是對我的業績一點貢獻也沒有啊。」

三、美食——魅惑的台灣料理店

到台灣，據說會講幾句台灣話比較有禮貌。我第一句學會的台語是「好食」——好吃的意思。順便介紹一下，飲料好喝的台語叫做「好凜」。

老實說，剛開始用「好食」這個字時，我多少還帶著客套的心理。但是不久以後(大概從第二、第三次出差開始)，我品嚐到台灣料理，深深被新鮮豐富的食材與多樣的烹調方式所吸引，從此打從心底讚嘆。

這裡，我要介紹一些日本人在台灣可以運用五官好好享受的餐廳。當然，這些餐廳就算一個人單獨前往也沒問題。

第一家是「好記擔仔麵」。這家餐廳位於台北市內長春路與吉林路的路口，店面開向馬路，所以還可以體驗路邊攤的氣氛。

這家店的店員活力滿滿，點菜時會以洪亮的聲音向前台傳達客人所點的菜，而且笑容滿面。此外，店

頭陳列著新鮮的食材，可以直接用手指「點」菜。價格當然也非常實惠。

稍微透露一點我的秘密。我跟前文提過的 S 先生、N 化成的 W 董事長用餐時，一定要到這家餐廳來。

到這裡一定要先乾一杯台灣的金牌生啤酒潤潤喉，然後品嚐鹹蜊仔。接下來入口的是清蒸蝦子沾山葵醬油，再加上鹽水鴨、菜脯蛋、蚵仔煎，然後再一口飲盡台灣啤酒。真是無上幸福的一刻！

肚子半飽以後，再來一碗白飯配炒空心菜，唏唏唰唰地咀嚼清脆的菜葉，最後再唏哩呼嚕吃一碗掌心大的台南擔仔麵，啊～真好吃！這個時候，當然還要再乾一杯啤酒，結束熱鬧的一餐。

其次，如果南下台灣南部，千萬不要錯過這家海鮮料理店「阿士都」。這家餐廳是 W 董事長招待我去的，位於屏東縣東港的頂級鮪魚專門店，主要採用新鮮的鮪魚為食材。除了鮪魚生魚片外，清蒸螃蟹、清蒸蝦等等，都非常美味，可說是高級食材的寶庫。這家海鮮料理餐廳，去過一次就永生難忘。

又，位於流經高雄市中心的愛河旁，有一家與台北「好記擔仔麵」齊名、很棒的「七美」(海邊路)餐廳。

這家店同樣充滿了路邊攤特有的氣味。一邊眺望美麗的愛河，一邊啜飲台灣啤酒，這種美好的滋味，足以讓人忘卻平日的所有煩惱。菜單中的酒蒸七星鱸最棒，魚肉的橫切面傳來陣陣香味，和蔥片一起入口，美味立即化開在口中，也更助酒興。

最後再回到台北，介紹兩家日本料理店。

一家叫做「竹林」，位於國賓飯店北側的小巷子裡。這家餐廳專門播放戰後的昭和時代流行歌曲，讓人心情放鬆，而且麻雀雖小，五臟俱全。店老闆是一位態度認真的台灣人，他親自操刀烹調山珍海味。其中尤其不可錯過的珍品是「鹽燒香魚」。圓滾肥胖的台灣產香魚非常美味，因為實在太好吃，我往往連頭帶骨啃下。不僅魚肉香味撲鼻，而且也唯有這家店的香魚連骨頭都好吃得很，真是奇妙。喜愛香魚的饕客千萬別錯過這家店。

第二家日本料理店是「大和」，位於中山北路和錦州街交叉點，靠近林森北路的方向。這家餐廳的廚師同樣也是台灣人，所作的日本料理可口美味，價格也十分實惠。這家店的食材幾乎都從日本空運來台，甚至連醋飯也絲毫不馬虎，美味無比。坐在櫃台前品嚐

壽司，那股好滋味往往讓我誤以爲自己置身在東京的
築地。

　　品嚐美食眞是人生一大樂事。

　　台灣人的「飲食文化」十分有趣，與我的價值觀
有很大的共鳴，而且這份樂趣從沒停過。

第六章

台灣與日本

一、NHK「無謬誤」的問題

2009 年四月五日，NHK 播放了一系列特別節目，標題叫做 JAPAN 誕生第一回：「亞細亞的 "一等國家"」。

這個節目的目的是為了檢驗日本統治下的台灣，卻被觀眾認為其中含有製作人的特定意圖(包括直接接受節目訪問的柯德三先生也參與連署，由在台的 NHK 支局於七月三日正式接受抗議)，許多觀眾認為，該節目違反放送法中的公正和中立的精神，已經成為一個社會問題。

此外，在六月下旬，也提起了日本裁判史上空前的訴訟——原告團體人數超過八千三百人，控告 NHK 必須對其不法行為做出損害賠償。

這個事件的爭議在於，接受訪問的台灣老年人認為節目裡的「人類動物園」「日台戰爭」「漢民族」「中國語」的四個文字表現有欠妥當，要求訂正。

濱崎(擔當導演)在節目中努力營造出台灣與中國文化是無法區隔的一體假像；日治下的台灣社會一

直遭受差別待遇，台灣人不被當人看；並且營造出日本統治台灣初期整個台灣都陷入激烈戰鬥的景象。不過，即使經過觀眾抗議，這位導演仍然辯解他並未刻意營造上述情形。

此外，在NHK節目中接受訪問的老人家，在日本其他民間電視台接受訪問時，也提到NHK將他們所提到的日本統治與國民黨統治的比較感想中，有關國民黨時代的慘狀全部剪掉未播。

NHK訪談台灣的老一輩，請他們比較日本統治與中國國民黨統治的差異。但NHK卻只擷取有關日本統治部分的發言，並且專挑日本統治下的負面看法，以此構成整個節目的大部分內容，這樣的做法到底算不算違反放送法的主旨呢？

司馬遼太郎說過「殖民地是不好的」，這一點絕對是確切無疑的事實。

產業革命以後，歐美列強一直企圖殖民日本。直到日本的政治體制從封建制走向君主立憲制，日本打贏了日清、日俄戰爭後，終於得以廢除和歐美列強間的不平等條約(恢復關稅自主)，實質上保全了國家的獨立性，這是一九一一年，帝國憲法頒佈早已超過二十年以上的事了。

當日本終於擺脫被列強征服的恐怖陰影時，日本

第一個取得的殖民地就是台灣。在殖民初期，被稱作「義民」的百姓起而武裝抵抗，後期也曾經發生了霧社事件等的悲慘事件。

尤其到了殖民後期，蔣渭水、林獻堂等人推動設置台灣議會運動，以及要求自治權的合法性政治活動，加上「大正抗議活動」，要求政治自由的活動越來越積極。

走過那個年代的人們證實，當時台灣人與日本人之間存在薪水的差別待遇(約 1.8 倍左右)，大學、高中等入學時也有差別待遇(日本人有優惠措施)，此外也存在禁止使用台語的問題，這些都是事實，採訪時，若取得這類訪談內容，並且將之公開播放，客觀而言都屬妥當之舉。

但是日本政府在台灣的公共衛生環境建設，建立防疫體制，禁止纏足，逐步禁絕吸食鴉片，建設和擴充港灣、道路和鐵路，加強義務教育等等，這些在台灣的歷史教科書「認識台灣」中都清楚記載的實情，NHK 在節目中卻以短短二、三分鐘的旁白簡單帶過，這個做法公平、公正嗎？

NHK 省略對日本統治所留下的正面遺產的檢視，過度強調、歪曲和誇大宣傳負面遺產。面對這個情形，我們必須冷靜思考，NHK 希望帶給下一代什麼？

　　我認為NHK(尤其是編輯ETV特集的工作人員)追求的是一種價值觀，強調軍事和警察力量為絕對的惡，人類生命尊嚴至上的人道主義才是最高價值。當然這樣的價值觀不僅一個國家應該遵守，也是全世界應該共享的珍貴價值。若從這個方向來看，曠日費時檢驗「殖民地之惡」的做法並無不妥。而且濱崎也享有憲法保障言論自由所賦予的「編輯的自由」。他的所作所為，都在自由裁量權與法律的容許範圍內。

　　但是在「殖民地＝惡」的正義感之下，是否也須從相對的角度去檢討呢？而且，當一個人在行使言論自由權和編輯的自由權時，是否也須考慮其他人的權利，甚至考慮是否抵觸到特別法？

　　大家都知道，現代社會在產業結構日漸進步和複雜化的結果下，相對地，所需保護的人權也越來越多樣化，人權保護的涵蓋範圍也越來越廣。

　　秉持持續進步的現代法律規範和社會規範，回頭批判過往的歷史(在一個擁有殖民地是理所當然的時代裡)、政治體制和社會政策等等，並加以定罪，一點都沒有意義，而且也很不科學。

　　具體而言，現代憲法中並未對人格權、隱私權做出任何明文規定，憲法制定時也沒有專對美軍人權保障的條文，但是沒有任何人對這些事實提出質疑。

　　為政者在面對規範時，應該拘束在當時期確實已存在的事實，但是在執行時，仍然需要質疑它的可罰性。

　　承傳於不同時代的規範，若不從相對性的角度和從時代背景的觀點下來檢證當時的史實，就容易流於片面解釋，這對正在培養客觀精神、形成健全思考、追求實體真實的青少年而言，傷害極大。

　　我必須指出，高舉尊重生命主義的招牌，卻缺乏從相對的角度提出要求(追求實體的真實、近代日本維持國家主權的獨立性)，這樣的做法在一般的社會科學、法條解釋、紛爭解決上都極為危險，而且是極度粗糙的做法。

　　NHK擁有言論自由，但他們本身所使用的是份量等同於國家權力的巨大放送網，也依法強制向百姓收取受信費用，所以，基於放送法的對價關係，NHK當然有義務必須遵守公正與中立的制約，這一點可千萬不能疏漏。

　　綜觀本次事件，從NHK節目內容的時間分配明顯偏頗(檢驗正面遺產的內容僅二、三分鐘，檢驗負面財產卻長達五十分鐘)、恣意剪接編輯訪談內容(將受訪者談到國民黨統治的慘狀部分剪掉)、受訪者正式公開提

出抗議等等情況來判斷，該節目的確抵觸了放送法第三條(遵守公正中立性的義務)，已構成違法編輯節目。

我這麼嚴格批判 NHK，可能給人一種我反對 NHK 存在的印象，但是那絕非我的本意。因為青少年時代所看過的「眞田十勇士」、「新・坊少爺」、「花神」、「黃金時期」、「大草原上的小屋」、「日本巖窟王」等等節目，都是充滿了人類的友情、信賴、希望與慈愛的精神，也都是內容扎實的節目，我深信，這些節目對我今日的思考養成有很大的幫助。

我想，這個事件應該是 NHK 內部的一部分人陷於特殊的意識形態，而蓄意遺忘以客觀性的指標來看待過往之事。

對 NHK，我還有一項請求。台灣的人們非常喜歡「喉自慢」這個節目。不分日夜，在卡拉 OK 裡唱著日本歌曲的人口，台灣絕對是世界第一。因此，如果可行，來年就帶著贖罪之意，在台北舉辦一場「喉自慢」如何？想必台灣的人們一定會因此欣喜雀躍不已。

二、日本的未來

中國的外匯存底已經超過兩兆美元，GDP 也超越德國，成為全球第三名。對於中國的繁榮，已經不必多加解說，眾人皆知。

但是，日本未來的方向倘若與中國脫離不了關係，那麼日本就有必要精確地了解中國的真實情況。

我一再主張，對於一個奉行特定意識形態與絕對價值、誇大某些少數現象並不斷分析取得負向結果的政治組織，在檢驗它的時候，不能不負責任，不可過分樂觀，否則就極度不合科學邏輯。

世間事物原本就存在衝突，重要性與價值觀因人而異。對於矛盾與衝突，當然需要加以討論予以釐清。

話說回頭。越來越不容忽視的中國，其未來仍然存在一些危險因素。中國依然是個不安定的國家，可能面臨分崩離析，也可能發展出健全的經濟，也可能很自然地發展出民主體制。

對於這項命題，美國前任洛杉磯時報的外交記者

James Mann 卻否定了我前述兩種看法，他認為，中國
會在世界經濟的框架下繼續發展自由貿易與投資，但
是共產黨將與今日相同，在強大的治安維持力量下，
鎮壓活動，肅清異己，維持獨裁體制。(摘自 PHP 出版
的『危險的幻想』)

　　中國一年要發生數千件的地方抗議和暴動事件，
另外還有西藏、維吾爾人獨立運動正日漸激烈，還有
法輪功等宗教團體的反抗運動等，有著眾多的不安因
素。

　　此外，中國有超過二千五百萬人的失業人口，在
中國要求勞力密集產業和低附加價值產業的外資企業
撤離中國的錯誤經濟政策下(實施勞工合同法，規定企
業必須終生雇用年資超過十年的勞工，以及將外資企
業的法人稅與國內企業統一為二十五％)，將造成中國
無法照顧這些失業勞工，讓失業率更加擴大。

　　另外，中國更施行了一項空前絕後的法律，規定
凡是政府採購的數位家電製品，從 2010 年五月起，強
制製造業者必須向政府公開家電產品的原始碼。運用
這項制度，將讓中國政府可以合法強奪外國企業的智
慧財產權。由此可見，對高附加價值產業和知識密集
產業，中國顯然不是有益且健全的市場。

　　由於中國刺激內需的政策，或許短期內的確可使

建設機械產業、汽車產業、化妝品產業、精密機械產業的市場成長，但是這些產業主是否真能獲得利潤，它們的營業外損失是否不斷擴大？答案不明。我們必須等候個別企業的具體資訊才能獲得解答。

儘管這麼不利的經濟現象已逐一浮出檯面，諷刺的是，許多外資企業卻連想撤退都無能為力。投資中國的企業中有許多是來自日本與台灣的中小企業，即使風險越來越大，但是這些中小企業卻連逃走的本錢都沒有。

而且在短期內，即使中國不利外資企業的負面因素堆積如山，中國經濟仍會持續成長，原因在於中國的 GDP 結構中，個人消費的比率仍然很低。

在先進國家中，個人消費佔 GDP 的六十％到七十％，中國只有三十％左右，剩餘的六十％都來自於出口與投資。

所以在中國政府打出的景氣對策中，高達四兆人民幣的公共投資，的確對低所得階層的就業(雇用被迫返鄉的下崗民工)能間接產生效用，也會刺激僅佔 GDP 三成的國內消費。

雷曼兄弟引發全球性金融風暴，中國以出口為主的經濟主軸也是在美國經濟稍微回穩以後才得以稍稍樂觀以待。從這樣的經濟結構來看，中國實在很難長

期維持穩定的成長，而牽動中國經濟成長腳步的美國經濟至今仍在谷底，尚須一段時間才能恢復。

中國在短期間內的經濟穩定，乃是札根在政治上的思想統治、反日教育等過度的愛國主義的抬頭，以及不斷對少數民族進行肅清、鎮壓的活動。

共產黨憂心民眾的集體暴力從地方湧向中央，可以預見它今後仍將持續運用其強大的軍隊與警察力量，鎮壓和消滅百姓的抗議。共產黨在國共內戰時所仰賴的是貧窮的百姓，他們深知貧窮百姓是共產黨戰勝的原因，因此對於暴徒化的農民和貧窮百姓也最為警戒。

由此來看，未來中國的統治機構不會有立法、司法、行政的三權分立，也不會引進自由主義的立法制度，更不會出現複數政黨式的議會制民主主義。

在人權方面，由於中國徹底貫徹思想控制，所以未來將持續大幅限制言論與集會的自由，也不會修正人民憲法。

共產黨組織內的核心幹部，從軍隊及其附屬基礎產業(高科技產業、基礎建設產業、軍備產業)獲得賄賂等龐大的不當利益，都是一些既得利益者。他們共享這份週期性利益的結構日漸壯大，也不斷增殖，所

以今後也仍將強力追求政權的穩定。

　　面對一個統治機構不存在自清機制的共產黨獨裁政權，短期內經濟將繼續成長，但看不到任何民主化的曙光，在這個情形下，日本該採取哪些作為呢？

　　第一，從經濟面來看。

　　從中國挑選外資企業、立法強制外資企業公開原始碼的做法來看，中國的未來仍將保持不透明狀態。當然日本的投資計畫應該轉向思考，以巴西、印度、東南亞各國為主軸。

　　前面我也提過，在中國只有少數的幾個行業短期內仍有發展潛力。其他的產業，中國不是投資的好市場。所以中國市場應該被定位為「輔助性」、「暫時性」的市場。在這個時間點，中國存在的風險，不管從微觀的角度或宏觀的角度來看，都正逐漸浮現檯面。

　　另一方面，在高度經濟成長的影響下，中國的環境問題日漸嚴重，與我們息息相關。在一個不關心節能減碳的國家中，首先因環境污染受害的就是貧窮百姓、農民、老人和身障者。

　　針對環保這個部分，日本應該從地球村的環保概念著手，伸出援手。若說還有哪個產業面臨對中投資終遭被奪卻仍可維持的，那便是脫硫裝置和廢水淨化

裝置等與環保有關的機械產業。儘管出於善意，但是中國政府勢必仍會企圖佔便宜，所以日本政府應該站在減輕投資風險的角度，重新研議新的補償政策。

同時也應以推動綠化的名義給予中國地方政府相關教育上的協助，相對地，也要強化對中國政府的要求。

第二是政治面。

中國政府在國內積極推動愛國主義，相對地，在海外也有許多華僑因為對中國的投資而獲利。

換句話說，中國積極利用自由主義社會裡的自由思想和左翼的人道主義信仰，激發其他國家的反日興論，企圖把過去戰爭時日本的賠償問題正當化，而且還企圖削弱日本在國際社會的地位。

因此，我們必須讓那些提出反日言論的人道主義信徒們認清共產黨便宜的利用價值下的真面目(對西藏、維吾爾民族的鎮壓、對台灣的武力威脅、肅清法輪功的祕密工作)，防止歷史被篡改、捏造與宣傳，堅持和持續地找尋真相並加以檢驗。此外，日本政府也須支援民間從事個別的檢證作業。

尤其重要的是修憲。在以個人尊嚴(十三條)為核心所建構的現行憲法中，應該貫徹價值相對主義(十九

條、二十一條)，並充分保障政治上的自由權和經濟上
的自由權，建構三權分立而相互抗衡的組織。同時議
會也須反映多元的民意，建立兩院制的統治機構。以
自由主義、民主主義、平等主義、和平主義為主軸的
日本國憲法雖然有值得讚許之處，但是在和平主義的
實踐上，仍存在根本性和立法政策性的問題，有待改
進。

　　在憲法前文中記載著「信賴各國國民的公正與信
義」。日本也在此條文的精神下，採行了放棄武力、
維持和平的政策。對此，生於這個世代的人民必須深
思，日本這樣的政策是否遭到其他國家利用了，是否
被迫停止了人權保障的功能，以及日本的主權是否受
到侵害？

　　北韓為了培養他的情報部隊，綁架了許多日本
人，至今仍未釋放。在綁架事件層出不窮的昭和五十
年代(1975 年～)，開始有人推動防止間諜法和有事立
法的法制化工作，但是日教組、前社會黨、日本共產
黨卻根據憲法第九條，猛烈反對。

　　前社會黨的幹部是由崇拜北韓人的主體思想研究
會成員擔任，他們過去曾利用眾議院第一議員會館的
地下二樓會議室定期舉辦讀書會。

　　我在學生時代的昭和六十一年(1986)，正好在同

一棟七樓的石原愼太郎事務所打工。那時我就對這個
只會在自由主義國度批評國家浪費稅金、要求尊重人
命，卻對眞正壓制人權的蘇聯、中國和北韓阿諛奉承
的團體十分存疑。

　　我認爲當時經常參加主體思想研究會的前社會黨
幹部，應該向被綁架者的受害家屬誠摯道歉才是。

　　憲法前文中記載的「信賴各國國民的公正與信
義」，以及憲法第九條，眞的能夠保護那些無辜的中學
女生嗎？能夠保護他們不因某個國家權力最高指導人
下令綁架而不被綁走嗎？

　　信仰人道主義萬能是個人的自由，但是當人道主
義帶來弊端時，又有誰能負起全部責任呢？

　　對於未能保障言論自由的國家，我們當然得要抱
持懷疑，採取守勢的安全保障措施。但事態急迫，我
們已經沒有時間等待修憲再來討論日本的國家安全保
障問題。對於頻頻試射核子飛彈威脅鄰近國家的獨裁
國家，我們必須採取足以抗衡的相當手段來對付。

　　制定憲法的昭和二十年(1945)當時，並未預料到隨
著社會結構的發展，產業和科學的進步，演發出新的
人權問題(隱私權、環境權、人格權、辯論權)。所以根
據憲法十三條或二十五條進行解釋，和訂定規範以處

理訴訟問題的做法已經走到極限。目前的狀況，等於把立法政策功能完全交給司法部門了。

　　修改憲法前文、第九條條文以及增強新的人權，是影響日本未來的重要課題，我們應該儘早採取行動，訴諸日常輿論，形成國民共同參與意識。

三、台灣的未來

　　在二○○八年總統選舉中重登執政黨寶座的國民黨馬英九總統，積極推動與中國合作的政策，企圖藉此重振經濟。

　　政治家的工作，首先必須思考如何提升國民的生活品質，這一點與民進黨陳水扁時代的做法的確有異，導致長期經濟停滯而無法得到百姓的支持。

　　國民黨採取開放台灣企業對中國投資，大幅鬆綁中國企業投資台灣，並且訂定每天接納中國觀光客三千名等政策，將治國重心放在振興今後的台灣經濟上。

　　對於國民黨的做法，在野的民進黨提出了各種反對意見，要求國民黨應更為慎重。理由是：

　　第一，廉價的中國勞工大量流入台灣，可能增加台灣的失業人口(在香港、澳門，**勞工們不斷遊行抗議中國勞工搶去他們的就業機會**)；廉價且粗劣的中國商品流入，將打擊輕工業產業，引發市場混亂。

　　第二、中國觀光客非法滯留，將引發治安惡化。

　　第三、可能發生類似二〇〇三年的 SARS 等發源於中國的疫病流行；受污染食品流入，將導致國民健康蒙受損害。

　　其中最令人憂慮的是，當台灣的經濟與中國變得緊密難分時，中國將藉此施加軍事壓力，強迫台灣接納與香港同樣的「一國兩制」，造成台灣實質上被中國統一。

　　其實，全世界都知道，台灣的主權從來就不屬於中華人民共和國。

　　政治體制上，台灣保障言論和集會的自由，採行多黨制和議會代議制。而且在李登輝前總統退任後，已經舉行過三次國家元首直選，從未發生嚴重流血事件，國民守法意識十分普遍，也已經確立了民主立憲體制的基礎。更重要的是，台灣擁有獨立的軍事力量，其最高指揮權歸屬於總統。

　　對台灣人來說，我是一介外國人，對台灣未來的

方向並無置喙的餘地。台灣的未來，只有出生在台灣、居住在台灣或者居住在國外的台灣人才能決定。只是我在中國居住了將近兩年時間，這個經驗讓我深深明白：中國與台灣的民族性不同，以及台灣文化的珍貴。

總體而言，台灣的民族性十分體貼弱者，待人寬容，對神佛(高於人的靈界)信仰虔誠，也非常謙虛。他們就像戰後在白色恐怖的祕密警察監視下依然堅持活動和結黨的民進黨支持者一樣，耐力十足。

戰後台灣出現了許多中小企業的經營者，儘管規模不大，但是他們分析事物不流於主觀，冷靜觀察長處與短處，努力學習他人長處，同時也提醒自己不犯他人相同的錯誤，做事充滿彈性。

即使在討論事情時，台灣人也不易受特殊成見捆綁，願意務實地尋求解決辦法。

相對地，中國人的民族性就不同。他們自尊心很強，往往妨礙彼此的冷靜討論。也可能因為受到國家情報統制，過度宣傳中華思想的影響，所以中國人先入為主的觀念很強，缺乏彈性。自我主張強烈並不是壞事，但是若用在事情的討論上，則往往妨礙了對對手、狀況的了解，導致彼此態度僵硬，很難找到交集。

此外，由於人口眾多，在過度激烈的競爭下，導致弱者只能束手被自然淘汰。

另外，他們有許多不符社會常理的合理主義現象，行動乖張，往往在日常生活中做出驚人的反應。

兩岸除了民族性明顯不同外，台灣文化還有一點很珍貴的，就是「柔軟」，對我這個日本人來說，那是一種極致的美。

還有，在台灣製造業的經營者與主管身上，我還看到一個共同點，就是他們擁有願意進行無限挑戰的精神，即使失敗也不屈不撓。在工作上，我經常感覺他們的笑容與活力非常迷人。

我把自己的體驗硬套到別人身上，想法或許有些粗糙，但是想必很多人深有同感。

可能台灣人也了解到自己與中國人民族性和文化的不同，因此在調查自我認知時，有八十％的人反對和中國統一。問題是，在國際現實之下，台灣很難再像今天一樣，繼續維持現狀或獨立。畢竟中國已經累積了龐大的外匯存底，將更容易主導對美國的經濟戰略。

中國擁有兩兆美元的外匯存底，並持有二十一％美國國債，他們的威嚇，清清楚楚地出現在二○○八

年的西藏「暴動」中。「人權國家」美國對中國應該是最嚴厲批判的國家，但是在當時，不知是為了配合英國和法國的步調，還是怎麼樣，美國對中國的反應是又慢又低調。這或許也是因為憂慮中國藉次貸風暴引發問題，拋售美元，加速出脫美國國債的影響吧。

所以儘管台灣關係法牽制美國必須保護台灣，但是美國實質上保持沈默，讓中國對台灣的影響加大，卻是不爭的事實。

我希望馬英九政府的對中和對美政策能夠繼續守護台灣的文化，朝振興經濟的方向發展。

畢竟有一百萬的台灣人民目前居住在中國大陸，台灣政府應該積極提供融資，幫助那些在中國受困於不景氣、不當稅法、勞動法和行政罰則的台灣中小企業。

最後，我想談談我對日本和台灣的未來看法。

在海外經營事業，我有一個深刻體驗。在企業活動中，除了翻譯能力與技術學習能力以外，在挑選外國勞工時，願意尊重社會秩序與法律規範應當是首要條件。

例如，畢業於關西著名的國立大學、就職於大型證券公司，卻利用內線交易買賣股票賺錢的人，他和

進入福岡的公立大學，卻因缺錢而搶劫銀行、或是到日本知名私立大學留學，卻因搶錢而殺害保證人夫婦的某國人一樣，都同樣缺乏秩序的觀念。

一個不懂得守法、不知道信任社會的人，即使學術能力再優秀，也無法在一個重視分工的企業中做出貢獻，他們有害無益。

從這個角度來看，台灣留學生對日本企業就顯得十分重要了。

在台灣企業和工廠工作的人當中，大部分人不僅守法，也都忠實追隨社會規範，而且有相當多的人個性勤勞、活潑，也具備很高的翻譯能力和技術學習能力。

雖然如此，目前在日本的十二萬三千名外國留學生當中，台灣留學生只有五千人左右，佔4.1％。而且接受交流協會提供獎學金的留學生人數也不多。每個月領取交流協會十七萬日圓獎助金的留學生人數只有二百三十名，若能參酌這些學生在日本社會守本分、守規矩的情形，其實把人數增加到三倍也不為過。

倘若外務省(外交部)、文部科學省(教育部)的預算有限，我們民間企業也能提供協助，成立「日台學生交流基金會」，盡可能招攬更多的台灣學生到日本留學，企業也能積極僱用這些完成學業的台灣留學生。

　　開放十八到三十歲之間的年輕人一邊打工一邊就學的工作假期制度，2009 年開始適用到台灣國民身上，我希望這項制度能夠予以最大活用，也建議可以擴大對台灣學生的試用規模。

　　遵守社會秩序與法律規範，乃是日後擔任管理職務的基本條件，也是最重要的信賴基礎。

　　而且，考量這些台灣留學生在日本的生活狀況，同時明確有與中國留學生區隔的意味，日本全國的地方縣市也應該將住民基本手冊上的轉出入地名稱登記為「台灣」。東京都已經從 2009 年六月起開始實施，這可說是石原都知事的英明決斷，絕對值得讚賞。

　　換個話題。台灣產的芒果、鳳梨酥、烏龍茶、鴨肉、鵝肉、米粉、空心菜、其他農產品和食品，我個人覺得非常美味，但是在日本卻不常見。

　　芒果、荔枝都是台灣產的水果，品質與味道都非常具有品牌價值。凍頂烏龍茶、杉林溪茶、高山茶雖然已經有日本業者製成飲料銷售，但是仍有很大的推廣空間。

　　最後，我很建議退休後的日本人到台灣「長居(long stay)」。大家都知道台灣有很多溫泉勝地，如北投、烏來、知本、關子嶺等等，在鄉下的溫泉區居住，生活

費也比較便宜。此外，台灣的衛生環境與日本差異不大。不過有些地區醫院、交通工具、行政服務未臻完備，因此可先做長期旅行兼事前調查，並向當地的亞東關係協會詢問詳細資料。

四、充滿魅力的人們

寂靜的夜晚，我啜飲溫燙的高山茶，吃著鳳梨酥，聆聽歌聲媲美小田和正的張雨生唱著「妹妹晚安」。透過音樂，讓教授鋼琴的妻子以及女兒、兒子也開始感受到：能認識一些台灣人，其實也挺不錯。遺憾的是，張雨生已經不在人世。

名著『台灣紀行』的作者司馬遼太郎也已經前往他界。為了讓台灣與日本的關係可以世代相傳，在這裡我想介紹一些充滿魅力的台灣人。

我能做的，或許只是列出一個名單，但這些人絕對是已經了解台灣關係及今後要繼續構築台日關係的世世代代必須認識的重要人士。

我是個凡夫俗子，這本台灣記也是一本平凡的作品，希望透過以下所介紹的人物的著作，稍稍彌補我的不足。

這些人名包括我個人相當主觀的看法(音樂界、演藝界)，還請讀者多多包涵。

政　　界——李登輝前總統、高雄市長陳菊

知識界——黃昭堂、伊藤潔、黃文雄、金美齡、
　　　　　阮美姝、蔡焜燦、彭明敏、許世楷、
　　　　　謝雅梅、林建良

演藝界——吳宗憲、黃嘉千

音樂界——張雨生、彭佳慧、張惠妹

實業界——許文龍、辜朝明

我深信，從過去綿延到未來，串連台灣與日本的道路建立在互信的友誼上，「共生」所產生的安心感，可說是建立兩國情誼和國民心態的一個重要基礎。

這也促使我回想從約二十年前，在業務上開始接觸台灣和中國兩國人民時的種種，鉅細靡遺地將雙方做個對照。

對於台灣人，我已經和許多追求知識的人們建立起長久的關係，甚至希望能建構家族對家族的交流。

對於中國人，除了少數人之外，大部分人執著於物質，我和他們僅止於義務性的、表層性的和短暫性的人際關係，想到這些人，會讓我有一股虛脫的疲憊，心情自然沈重起來。

　　我一直提醒自己，要謹慎使用負面的用詞，對此，我已經做到最大的努力。

　　對孩子以及下一代年輕人，我有一個請求：請你們記住，若不得不與一個任性、無秩序的國家交往，一定要有相當的警覺與耐性。

　　在這個世界上，沒有任何人道主義讓我們必須放棄自己的生活權利去成全。

　　此外，應該抱著希望與智慧成長的目標，展開國際交流。

　　不論是彈珠汽水、計程車司機、明石總督的墓碑，從過去有形和無形被遺留的事物，到現代岩原君掉了的手機，台灣的人們把許多日本人遺忘的東西都小心翼翼地仔細保存著。

　　相對地，現在的我們應該也能守衛和重視台灣人們的心情，並且把這份心情傳達給下一代子孫。

結語

　　在福建省福州附近，有一家專門生產 ABS 樹脂、PC 樹脂等家庭電器外殼的台灣企業。這家企業有一個困擾，他們在中國市場銷售產品的獲利率非常低，但是地方政府還要不當課徵稅金，勞工也存在非法行為。如果可能，他們希望遷廠到越南，但是目前資金上已無餘力。

　　我也曾經在青島嚐過類似的苦頭，因此聽到他這番話，感受特別深刻。

　　此外，聽說二〇〇九年六月台灣在中國的摩托車大廠 G 公司被迫關閉湖南工廠，原因也是在中國市場獲利減少，卻又遭到當局課徵不當的稅金和罰款。

　　中國凡事都能將法律濫加解釋，像我們這種典型的勞力密集產業，在中國的合資公司至今猶能一息尚存，只能歸功於更多的忍耐與寬容，和我的父兄在經營上的努力。這一切都是當初沒預料到的，雖然駐在青島的日本幹部以及年輕的當地員工也非常努力。

　　美國次貸問題日漸嚴重之後，青島六、七成的韓國企業都從中國撤出。過去聚集韓國人的城陽區熱鬧

非凡，現在又重新回歸鄉下小鎮的平靜。

青島即墨的生活，就像浸泡在五右衛門風呂這種鑄鐵浴缸中一樣，每天汗流浹背。但是我內心卻悄悄冒出一個念頭：「我得盡快把這些事實說給日本和台灣的百姓知道。」

逼迫我非寫「台灣記」不可的另一個契機，是二二八紀念館裡一位翻譯老先生所說的話。二〇〇八年九月，我陪伴正在招募台灣留學生的熊本縣某私立專門學校的校長一起造訪台灣。那時候我帶著這位校長前往二二八紀念館，一來也希望能探望一下七年前在該紀念館認識的日語世代陳萬益老先生是否還如常工作。

可惜，這次拜訪並未遇到他，所以由另一位老先生來幫我們解說。

就在解說開始沒多久，先前約好拜訪的學校打電話來，請我們提早過去。於是我們在聆聽了二十分鐘的解說之後就被迫匆匆離開。

我深深地感謝他，一再爲我們必須提早離開向他道歉。就在這一刻，他口沫橫飛地冒出一句話：

「你們這些年輕人不加油的話，日本哪，就慘啦！」

他的眼光非常認眞。我邁出的腳步也因此停了下

來。四十五歲的我早就不算是年輕人了，但是看在長者眼中，我或許仍然乳臭未乾。

他的話一字一字刻在我心上。回日本後，每當想到台灣，就會想起老先生講那番話時的情景，頭腦也跟著轉個不停。

或許他也是殘活下來的台籍日本兵之一吧。

昭和十七年(1942)，日本實施陸軍特別志願兵制度，那一年第一次募集一千個名額，卻有超過四十二萬五千人報名。第二次同樣招募一千名，卻來了六十萬一千人報名。

海軍特別志願兵制度在昭和十八年(1943)實施，招募三千名，報名三十一萬六千名。

到了敗戰氣息濃厚的昭和二十年(1945)四月，開始全面實施徵兵制。根據厚生勞動省(相當於衛生署)的統計，從1937年到1945年前往戰地的軍人有八○、四三三人，軍伕一二六、七五○人。總計二、○七一、八一三人從軍，其中三○、三○四人戰死或在戰場病故。日本政府從一九九○年起，開始針對戰死與因戰爭嚴重受傷死亡者發給一人兩百萬日圓的特定弔慰金，但是有人批評，這個金額和日本軍人遺族年金相比，根本微不足道。

戰後的日本政府對那些為國捐軀的軍人，態度一

直非常冷淡，讓身為國民的我們充滿歉意。

回顧二次世界大戰，我們應該深思戰後的日本人的使命是什麼？

喪失性命的百姓、軍人和軍屬經歷了各種遭遇，他們也留下了無數的遺書與談話。這些遺留下來的文字，充滿了各種感情與思惟，有驕傲，有喜悅，有憤怒，有悲哀。倘若我們能夠了解他們在面臨死亡時所思所想為何，仍可稱幸，遺憾的是，我們除了了解尊嚴赴死的人員總數，以及確信這些人曾經活過以外，對他們留下的資料未作任何整理。

在吉田滿的『大和戰艦的最後』一書中，當他寫到大和戰艦為了沖繩特攻作戰向南航行時，在與美軍交戰前夕，軍官們為了「為何而死」這項命題彼此激烈辯論。最後，白淵大尉為了讓大規模爭論收場，說了這麼一段話。——以下原文抄錄：

「不求進步者絕無法戰勝　失敗後的覺悟乃上上之道　日本過於輕忽進步　只顧個人潔癖與道義　卻忘了真正的進步為何　除非失敗後覺悟　否則日本已經沒救　現在不覺醒　何能還有救　我們是救贖的先驅　為了日本的新生而先發凋零　此不正合我意嗎」

我沒有百分之百自信，但是我相信戰後日本人該如何活下去，指標就在這篇遺書中。倘若戰死的三萬

名台籍日本兵中，有人曾經聽過白淵大尉遺囑中的這段話，相信他們也會以同樣的話，呼籲戰後的台灣人和日本人。

或許讀者要批評我擅自解釋，不過我的看法如下。

日本在「舊金山和約」中宣佈日本放棄對台灣的管轄權，生於台灣和住在台灣的人們，應該曾經夢想台灣變成一個保障言論自由，由有希望和目標的具主體性的人民共同建立充滿活力而富饒的國家吧。

說得更清楚一點，那些在「新生台灣」誕生之前，為「祖國日本」犧牲性命的台籍日本兵們，或許也曾懷抱著崇高的決心，期望在打敗日本以後，自己成為「新生台灣的先驅」吧。

就像日本的未來應該由日本人決定一樣，台灣的未來也應該由台灣人決定。身為一名日本人，我看見台灣充滿希望的未來，今後也將繼續為台灣穩健的腳步而高聲加油。

走筆至此，我要對賣彈珠汽水的少年、唱日本歌的計程車司機、路邊攤的開朗老闆、禮貌周到的飯店服務生，以及星乃湯的曾麗子小姐、鍋神的林小姐、「東風」的黃嘉千小姐和高雄郵局的經理，各位親切的言語與笑容都曾經給我力量，在此致上深深的謝意。

　　此外，也要感謝提供各種資料給我的 S 老先生(S 先生的父親)、郵寄畫家李梅樹作品給我的 S 夫人(S 小姐的母親)、二二八紀念館的工作同仁，以及爲我校正的日通總研前社長林勝利先生。

二〇〇九年七月三十日

廣瀨 勝

〔参考文献〕

林えいだい『台湾植民地統治史』 梓書院
黄昭堂『謎の島・台湾』別冊宝島 宝島社
小森徳治『伝記叢書 明石元二郎』(上、下巻)大空社
阮美姝『台湾二二八の寫眞——消えた父を探して』(柯
　　嘉馬・保田誠司譯) まどか出版

植民地の旅

殖民地之旅

佐藤春夫——著

邱 若 山——譯

Sato Haruo

日治台灣文學經典,佐藤春夫的
殖民地療癒之旅,再次啟程!

1920年,日本名作家佐藤春夫帶著鬱結的旅心來到台灣,
他以文學之筆,為旅途的風景與民情,留下樸實而動人的珍貴紀錄。
他的腳步,也走出一幅殖民地的歷史圖像,透析台灣的種種問題,
作為日治時代殖民地文學代表作,如今仍令讀者讚嘆不已。

前衛出版
AVANGUARD

台灣
經典寶庫
Classic Taiwan

2016.11 前衛出版 定價480元

台灣原住民醫療與宣教之父——
井上伊之助的台灣山地探查紀行

日治時期台灣原住民之歷史、文化、生活實況珍貴一手紀錄
「愛你的仇敵！」用愛報父仇的敦厚人格者與台灣山林之愛

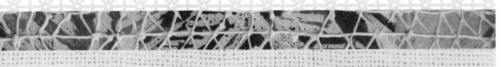

トミーヌン・ウットフ

台湾山地伝道記

上帝在編織

井上伊之助 著

石井玲子 譯

鄭仰恩、盧啟明 校註

台灣經典寶庫 Classic Taiwan

前衛出版 AVANGUARD

2016.07 前衛出版 定價480元

一台湾総督府一

台灣總督府

黃昭堂 著

黃英哲 譯

日本帝國在台殖民統治的
最高權力中心與行政支配機關。

本書是台灣總督府的編年史記，黃昭堂教授從日本近代史出發，敘述
日本統治台灣的51年間，它是如何運作「台灣總督府」這部機器以
施展其對日台差別待遇的統治伎倆。以歷任台灣總督及其統治架構為
中心，從正反二面全面檢討日本統治台灣的是非功過，以及在不同階
段台灣人的應對之道。

前衛出版
AVANGUARD

台灣
經典寶庫
Classic Taiwan

2013.08 前衛出版 定價350元

南台灣踏查手記

原著｜ Charles W. LeGendre（李仙得）

英編｜ Robert Eskildsen 教授

漢譯｜ 黃怡

校註｜ 陳秋坤教授

2012.11 前衛出版 272 頁 定價 300 元

從未有人像李仙得那樣，如此深刻直接地介入 1860、70 年代南台灣
原住民、閩客移民、清朝官方與外國勢力間的互動過程。

透過這本精彩的踏查手記，您將了解李氏為何被評價為「西方涉台
事務史上，最多采多姿、最具爭議性的人物」！

節譯自 *Foreign Adventurers and the Aborigines of Southern Taiwan, 1867-1874*
Edited and with an introduction by Robert Eskildsen

C. E. S. **荷文原著**

甘為霖牧師 **英譯**

林野文 **漢譯**

許雪姬教授 **導讀**

2011.12 前衛出版 272頁 定價300元

被遺誤的台灣 *Neglected Formosa*

荷鄭台江決戰始末記

1661-62年，
揆一率領1千餘名荷蘭守軍，
苦守熱蘭遮城9個月，
頑抗2萬5千名國姓爺襲台大軍的激戰實況

荷文原著 C. E. S. 《't Verwaerloosde Formosa》(Amsterdam, 1675)
英譯William Campbell "Chinese Conquest of Formosa" in 《Formosa Under the Dutch》(London, 1903)

回憶在滿大人、海賊與「獵頭番」間的激盪歲月

Pioneering in Formosa

歷險

台灣經典寶庫5

福爾摩沙

W. A. Pickering
（必麒麟）原著

陳逸君 譯述　劉還月 導讀

19世紀最著名的「台灣通」
野蠻、危險又生氣勃勃的福爾摩沙

Recollections of Adventures among Mandarins,
Wreckers, & Head-hunting Savages

前衛出版
AVANGUARD

國家圖書館出版品預行編目資料

台灣別記／廣瀨勝原著；陳惠文，黃怡筠譯.
--初版.--台北市：前衛，2010.09
160面：15x 21公分

ISBN 978-957-801-655-2（平裝）

861.67   99015807

台灣別記

著　　者　廣瀨　勝
譯　　者　陳惠文、黃怡筠
責任編輯　番仔火
美術編輯　宸遠彩藝
出 版 者　台灣本鋪：前衛出版社
　　　　　10468 台北市中山區農安街153號4F之3
　　　　　Tel：02-25865708　Fax：02-25863758
　　　　　郵撥帳號：05625551
　　　　　e-mail：a4791@ms15.hinet.net
　　　　　http://www.avanguard.com.tw
　　　　　日本本鋪：黃文雄事務所
　　　　　e-mail：humiozimu@hotmail.com
　　　　　〒160-0008 日本東京都新宿區三榮町9番地
　　　　　Tel：03-33564717　Fax：03-33554186
出版總監　林文欽　黃文雄
法律顧問　南國春秋法律事務所
總 經 銷　紅螞蟻圖書有限公司
　　　　　台北市內湖區舊宗路二段121巷19號
　　　　　Tel：02-27953656　Fax：02-27954100
出版日期　2010年9月初版一刷
　　　　　2017年11月初版二刷

定　　價　新台幣200元
©Avanguard Publishing House 2010
Printed in Taiwan　ISBN 978-957-801-655-2